●封面题字　宋富盛　●内文插图　许小铭

万叶新笑话

● 管喻 整编

（第四卷）

● 书海出版社

前言

● 管 喻

万荣笑话,不一定就是发生在万荣县境内,不一定就是发生在万荣人身上,也不一定就是万荣人自己创编的故事。应当说,万荣笑话继承了荣河72争故事的精神灵魂,是运城地区和万荣县的文化特产,是改革开放20年来出现的一种新的文化现象之结晶。但实际上,万荣笑话的产生地的范围还要广大得多。经过南来北往的人们的频繁的交流沟通,经过绘声绘色的演讲传播,思想和文学的火花互相碰撞,智慧和艺术的灵光交相辉映,使得全国各地一些相近于万荣笑话的故事也揉了进来,使得在万荣笑话的盛名之下,集合起了一个美的幽默群体。从这个意义上讲,万荣笑话是万荣县和运城地区人民群众食中华民族五谷、尝神州大地百果而孕造出来的现代民间幽默。

WAN RONG XIN XIAO HUA

以上这段话，是引自运城地委宣传部长王大高为《万荣新笑话》第一卷所写《前言》。王大高部长是人人皆知的万荣笑话大王，在与运城地区广大干部群众相濡以沫的几十年工作与生活经历中，他以特有的智慧与幽默，发现并创编了许许多多健康文明的万荣笑话，从运城讲到太原，从太原讲到北京，无以计数的朋友和客人听过他的笑话，无不被他的笑话所倾倒。

他在论述万荣笑话时说：万荣笑话是一种高级的欢乐剂，它可以给人们的生活增加欢乐、消除苦恼；万荣笑话是一种特殊的润滑剂，它可以化解矛盾，使横眉怒目的怨恨疙瘩在笑声中释然；万荣笑话还是一种奇妙的粘合剂，它能促进家庭和睦、亲朋团结；万荣笑话也是一种智慧的营养剂，它不仅使人们脑袋开窍，而且还教你学会如何幽默和如何享受幽默。这可以说是对万荣笑话的最好的评价。

《万荣新笑话》自1998年10月出版第一卷以来，至今已出到第四卷。每卷都收录笑话144则，是两个"72"之和。这样，四卷共收录笑话576则。

这几卷《万荣新笑话》出版后引起了比较大的反响,读者很喜欢这套书。以前,万荣笑话只是作为一种口头传讲的故事,现在,则变成精美的图书供人随时翻阅和咀嚼。它给人们笑声,也给人们以智慧的启迪与哲理性的思考,人们从中还能获得不少教益。

《万荣新笑话》第一卷,首印 2 万册,时隔数月又重印 1 万册,听说最近还要第三次印刷。第二卷出版不到 10 个月,据说也要印第二次。发行量说明它的读者不少。

1999 年 10 月 19 日,《山西日报》在头版头条位置,刊发了题为《万荣笑话笑遍全国》的重头消息,概括了万荣笑话在全国各地传播广受欢迎的情况。中央电视台、山西电视台和运城地区各新闻载体,都播发或刊登了《万荣新笑话》出版的消息以及笑话摘登,还有不少评介文章。人们普遍认为这一套《万荣新笑话》内容文明、健康,富有哲理性,充满诙谐、幽默、讽喻,又乡土气息浓厚,时代烙印明显,文字优美流畅,语言通俗精练。笑话每篇自成一个比较完整的故事,既像一篇小小说,又像一部小短剧,有人物，有情节，短小精悍，感染力和娱乐性很强，是运城地区乃至整个山西省近年来冒出的一朵民间文学奇葩。行家评论说，《万荣新笑话》的编写出版，是一件颇有意义的大事，它是时代的产物，折射出伟大时代的繁荣昌盛，反映了人们对文学和生活的一种需求。

书海出版社慧眼识珠，担当了《万荣新笑话》一书的助产婆。自第一卷就为这套书确定了恰当的总体设计，为它文字、插图、版式、封面，以及款式、装帧、价格等，都进行了较适合的定位。书海出版社副总编杭海路亲自担任该书责任编辑，用心血将这株幼芽浇灌成大树。

山西人民出版社崔元和总编辑热情关照支持这套书的出版发行，使得它又快又好地同广大读者见面。梁申威老师和杜厚勤、董建设先生也为本书付出了艰辛劳动。

山西人民出版社美编室主任董智敏为这套书从封面到全书作了精美的设计。尤其是它的封面设计，读者喜闻乐见，印象很深。

运城日报美术编辑靳双院，以他个人对万荣笑话的深刻理解和幽默的笔调，为第一至三卷创作了300多幅插图；著名漫画家、北京荣宝斋职业画家、国家一级美术师许小铭先生出于是万荣人和对万荣笑话情有独钟的缘故，为《万荣新笑话》第四卷创作了精美的漫画配图。他们的插图使《万荣新笑话》图文并茂，色彩有加。

在编写这四卷过程中，我得到了运城地区广大干部群众的大力支持帮助，尤其是得到了万荣县领导和许许多多人民群众的帮助。没有他们，《万荣新笑话》在短短一年多时间内就四出其书，是绝对不可能的。

作为本套书的作者，我真诚地感激关心、关怀、关照、关爱《万荣新笑话》编写、出版、发行的所有人士！

万荣笑话既然是人民群众的一种集体创作，因此它属于人民群众。从目前来看，万荣笑话仍然层出不尽，时代的发展与丰富多彩的社会生活为万荣笑话提供了不竭的源泉。愿社会上有识之士能够对万荣笑话进行深入研究，使其更好地服务于广大群众。万荣笑话的开发利用刚刚开始，它的立体式开发、全方位利用还有

待时日。

  在我们奉献出《万荣新笑话》第四卷时,谨向广大读者致以2000年春节的问候!

万荣新笑话简介

山西省运城地区万荣县，历史上分为万泉和荣河两县。荣河县紧靠黄河和汾河入黄口，汉武帝乘楼船过汾河时曾在该县题《秋风辞》。荣河一带民风淳朴，尚文而重农。早年民间广泛流传一种笑话叫做"72争"："争"，当地人称为"犟"、"执拗"、"认死理"、"不听劝"等意思。"72争"笑话主要讲述的就是这些人们认为可笑的人或事。新中国建立以来，这些"72争"笑话除一部分精品仍在民间口头流传以外，大部分则随时代更迭而换了新的内容。

运城地区古称河东，是黄河文化的发祥地之一，处在晋秦豫"鸡鸣听三省"的"黄河金三角"，离古都西安、洛阳、开封近在咫尺，是古今文化的交汇点。因此，运城地区拥有灿烂的古代文明积淀和肥厚的现代文化土壤。河东人民素有耕读传家的习俗，其普遍具有较高的文化素养和独特的思维方式已为世人所公认。改革开放以来，运城地区经济和社会发展突飞猛进，文化建设也硕果累累。早年就诞生于万荣县荣河一带的古老的民间笑话"72争故事"，亦在此盛世盛时表现出新

·简介·

的生力和迸射出新的亮彩。运城地区广大人民群众和各行各业人士,以其富有地域个性的幽默和厚实的文化根底,将"荣河72争故事"揉合中国古代许多笑话原料,在新时代的背景下改造而创新出更加脍炙人口、更加笑味足劲的"万荣新笑话"。这些笑话是运城地区和万荣县人民在波澜壮阔、丰富多彩的经济生活和社会生活中,以特有的眼光发现、发掘、加工、编排、传讲而成的,是大家的共同创造和一种社会性的文化产品。但万变不离"72争"其宗,是新时期的新的民间幽默,亦是近年来运城地区民间文学之树长出的最引人注目的主枝之一。事实上,万荣笑话已成为运城地区人民喜闻乐见、家传户诵、雅俗共赏、官民都讲的一种大众文化娱乐佳品。她具有特殊的品位和摄人的魅力,为全省全国广大人士所倾倒。一个万荣笑话可使一大群文化品位很高的和文化水平一般的人都如痴如醉。外地客商和游人来运城,不吃饭、不睡觉也要听万荣笑话,不听不行,听少了还不行;有的听一遍还要听第二遍,常听常新,常听常乐。万荣笑话已经传播到全国广大地区。

实际上,万荣新笑话已成为一种全国人民共同拥有、共同享受的"文化土特产"。书海出版

简介

社将《山西日报》运城地区记者站站长管喻（山西省作协会员）挖掘、搜集、整理和创作的万荣新笑话出版了《万荣新笑话》第一至四卷。第一卷去年10月出版后受到欢迎,初印两万册今春已售完,今年4月份又重印。第二卷也即将重印。

该笑话不仅广大读者喜欢看,而且也得到一些著名文艺工作者重视,博林、王木犊、冯巩、牛群都专门托人为他们购买《万荣新笑话》,作为他们搞创作的参考。

目录

○ 前言

笑逐颜开

- ○ 我非到解店下车不行……………（3）
- ○ 你穿上皮袄你就知道啦…………（5）
- ○ 这是农村来的苍蝇………………（7）
- ○ 国清吃石子………………………（9）
- ○ 你要看见干啥……………………（11）
- ○ 特色饭店…………………………（13）
- ○ 瓶瓶越大越好……………………（15）
- ○ 您能让她出来跟我玩吗…………（17）
- ○ 大门好好的………………………（19）
- ○ 没有发票给油票也行……………（21）

- 站起来怕叫老鳖看见……………………(23)
- 新新的车不舍得压……………………(25)
- 这鱼原来活着哩………………………(27)
- 我洗洗鼻涕……………………………(29)
- 要奶奶给我当媳妇……………………(31)
- 不给鬼子当祖宗………………………(33)
- 谁尿到了我的大衣上…………………(35)
- 难道是我………………………………(37)
- 连喜学戏………………………………(39)
- 剥了皮儿吃……………………………(41)
- 我们怎么能等他………………………(43)
- 埋手电…………………………………(45)
- 刷树只刷半边…………………………(47)
- 哈,豹子真憨…………………………(49)
- 还不都是一样吗………………………(51)
- 自行车怎么倒不了……………………(53)
- 两回就猜中了…………………………(55)
- 假如我不砍……………………………(57)
- 内股外股和妇股………………………(58)

抚掌称快

- 是乡长叫我来的………………………(61)
- 比我要个娃还难哩……………………(63)

○ 我叫你溅个够 …………………… (65)
○ 这不是咱家的汽车 …………… (67)
○ 老俩口打扑克 ………………… (69)
○ 梨树学懒了 …………………… (71)
○ 妈就是要当牛做马哩 ………… (73)
○ 司机比快 ……………………… (75)
○ 我把门关住睡了几天 ………… (77)
○ 公了我也不害怕 ……………… (79)
○ 治脚疼 ………………………… (81)
○ 为了叫你们高兴 ……………… (83)
○ 开塞露插鼻孔 ………………… (85)
○ 我没有吃一口 ………………… (87)
○ 我不来对不起你 ……………… (89)
○ 羊屎蛋当蜜枣 ………………… (91)
○ 还有一集电视剧没看 ………… (93)
○ 我也不是万荣人 ……………… (95)
○ 不能让她给咱织毛衣 ………… (97)
○ 出生地：县医院妇产科 ……… (99)
○ 撵得野兔吐血哩 ……………… (101)
○ 我不信骑不过你 ……………… (103)
○ 大敢醉酒 ……………………… (105)
○ 请君品尝 ……………………… (107)
○ 咱爸哄你哩 …………………… (109)
○ 打老鼠 ………………………… (111)

· 目录 ·

○ 双模范 ………………………………(113)
○ 咱俩谁也没偷谁……………………(114)

拍案叫好

○ 你无权替我约请客人……………(117)
○ 看你们俩如何回去………………(119)
○ 万一是真的咋办…………………(121)
○ 这怎么能一样 ……………………(123)
○ 倒回去再过一次…………………(125)
○ 羊都买回来了……………………(127)
○ 老板是我爸他老婆………………(129)
○ 梦里也能把电视机摔坏…………(131)
○ 还不如尿到自己鞋里……………(133)
○ 三三得九…………………………(135)
○ 你我都没有胖成猪………………(137)
○ 你是鲁班弟子 ……………………(139)
○ 就是耳朵边有个黑痣……………(141)
○ 七公卖黄瓜………………………(143)
○ 治疗失眠的妙方…………………(145)
○ 树叶何时落下来…………………(147)
○ 小偷说得对………………………(149)
○ 要不我可要乱尿啦………………(151)
○ 你只当是养个猪娃吧……………(153)

○杀尾巴……………………（155）
○咱也是专业户…………………（157）
○裤裆里藏活鸭…………………（159）
○过河……………………………（161）
○我开车我还不喝酒哩…………（163）
○买猪蹄…………………………（165）
○卫四正…………………………（167）
○每人跟你喝三杯………………（169）
○撵汽车拾粪……………………（171）
○装化鬼摸奖……………………（172）

喜不胜收

○咱也不给他好好吃……………（175）
○节约能手………………………（177）
○是我的脚胆小…………………（179）
○谁坐这个座谁是狗……………（181）
○他还没表演完哩………………（183）
○信灯不信人……………………（185）
○给馋牛带墨镜…………………（187）
○这是芥茉………………………（189）
○王崖人挂纸幡…………………（191）
○我脱了…………………………（193）
○卖兔头必须拿眼镜……………（195）

○ 担粪上错地块了……………………（197）
○ 等我有了钱你再来偷………………（199）
○ 比辣椒还辣……………………………（201）
○ 石头眼镜和长鞭子……………………（203）
○ 你这狗头朝哪边………………………（205）
○ 守礼哭爹………………………………（207）
○ 与嫂嫂同行……………………………（209）
○ 跟母亲离婚……………………………（211）
○ 做大些跑得才快哩……………………（213）
○ 午餐肉不能晚上吃……………………（215）
○ 秋生训驴………………………………（217）
○ 看自个的东西犯法吗…………………（219）
○ 谁叫你把车停在我面前………………（221）
○ 挑房间…………………………………（223）
○ 哪怕我出新车的价钱…………………（225）
○ 一定要尿到咱地里……………………（227）
○ 坐走了十几个老婆……………………（228）

乐从天降

○ 那时我不缺钱花………………………（231）
○ 别把咱家房子抢倒了…………………（233）
○ 原来是辆平板车………………………（235）
○ 厕所请客………………………………（237）

○我不想要你罚下的钱…………(239)
○调虎离山——铁娃葬父…………(341)
○蝇子迎宾……………………(243)
○我的肉哪里去了………………(245)
○都像这顾客我就省劲了………(247)
○我的牛不同意…………………(249)
○剑前眼开………………………(251)
○你娃长得太慢了………………(253)
○野平还债………………………(255)
○同此一理………………………(257)
○热烈欢迎"大官僚"讲话………(259)
○要大的沾光……………………(261)
○我为啥一句也没听见…………(263)
○你没说还要掏鱼肚呀…………(265)
○跌进枯井拾眼镜………………(267)
○我拾到的裤衩是我丢的………(269)
○你忍心跟妹妹抢衬衫…………(271)
○把你妈的纺车也踢了…………(273)
○汽水坏了………………………(275)
○儿子警惕性高我就放心了……(277)
○你能抄别人字,我就能抄他文章…(279)
○尼克松是女的…………………(281)
○你们不用穿衣服啦……………(282)
○申报新产品……………………(283)

·目录·

○自行车要用新鲜空气…………(284)
○世界最宽的汾河大桥…………(285)
○等你娃三年行吧………………(286)
○奶奶为啥打爷爷………………(287)
○无法出门………………………(288)
○万荣新笑话简介

XIAO ZHU YAN KAI

笑逐颜开

- 只有人会笑，只有智慧的人会笑。
- 笑，应该是心笑，是每个细胞都充满欢乐的笑。
- 笑，抹掉你的愁容，驱散你的烦云，给你春风丽日。
- 笑，使你生命沉浸在欢乐的享受之中而更深刻感受到生命的无限美妙。

WAN RONG XIN XIAO HUA

我非到解店下车不行

解店,是万荣县的旧名,有位老太婆去万荣县看自家的闺女,她告诉公共汽车售票员她要到解店下车。

车行至万荣县汽车站,售票小姐客气地对她说:"大娘,万荣县到啦,您该下车啦。"老太婆说:"我去解店,我到万荣不下车。"小姐和车上的乘客都笑道:"这万荣县就是解店,解店就是万荣县,一个意思!"但任凭怎么解释,老太婆仍旧说:"不是解店我就不下车!"

司机忽然灵机一动,说:"大家别劝啦,咱们现在去解店邑!"他把车开出万荣县城,又转回头顺原路开进万荣县汽车站,一进站司机就喊:"解店到啦!解店到啦!"

老太婆一听,忙提起篮子说:"这不就对啦。我告你们说我到解店下车嘛!"

你穿上皮袄你就知道啦

江平军在兰州工作。兰州的皮货又好又便宜。老乡自兰州回来,江平军让他给老父亲捎回去一件羊皮袄。

当时正是六月天,一丝不挂还热得够受哩。可平军的父亲想炫耀炫耀,哪管他几月天!他把儿子买的皮袄穿上,在镜子前照了又照。可这样他还不满足,于是就穿到街上去让村人看。

村人见他穿皮袄都说:"老江,你这是害伤寒哩还是犯神经,怎么这节气穿皮袄哩?"

平军爸此时热得汗如雨下。他吼道:"少惹我!我正燥着哩!"一老汉说:"兄弟,你燥啥哩?"平军爸说:"燥啥哩,你把皮袄穿上就知道啦!"

这是农村来的苍蝇

上面一个检查团在县里检查卫生工作。有关负责人滔滔不绝地向检查团汇报工作,并且说县城里干净得找不见一只苍蝇。

的确,他们转了好几条街道,没有发现有什么蝇子。谁知,中午到招待所就餐时,客人还未落座,就有两只蝇子在桌上飞舞。

负责人急忙用蝇拍将苍蝇打死,然后指着蝇子说:"咳,我早跟招待所说了,不让他们开车去农村买菜,他们就是不听。这不,拉菜时把农村的苍蝇也带到城里来了!"

WAN RONG XIN XIAO HUA

国清吃石子

国清是村里有名的好小伙。去年夏天,他进城去办事,妻子给他100元,让给她捎件花衬衣。可是国清却把钱捐给了抗洪救灾办公室。今年春上,妻子又给他100元让他买衣服,他又把钱捐给了希望工程。

这天,他又要进城,妻子又拿出100元钱说:"今儿你要买不回来衣服咋办?"国清说:"你别让我吃饭啦,叫我吃石头子!"可是他进了城后,见人家为修公路捐款,就又把100元捐了出去。

妻子真的生气了,弄了一碗石子说:"吃吧!"国清说:"你得让我把石子洗干净煮熟了再吃呀!"煮了一会儿,他说:"光石子不好吃,你得让我下点土豆一块煮呀。"土豆熟了,国清又说:"这清汤不好喝,总得和点面吧!"面下到锅里后,他又说:"不放点调料面和盐,这石子怎么吃?"

妻子扑哧一笑说:"俺也要喝这石子汤哩!"

WAN RONG XIN XIAO HUA

你要看见干啥

今年夏天的一个晚上,县教育局退休干部老杨去电影院看电影。电影院里很热,人人手里都拿着一把扇子。坐在他前面座上的是一对年轻恋人。他们先是叽叽咕咕说话,然后就举起手中的纸扇挡着,在那里亲吻取乐。

老杨正看到热闹处,不想视线一下被扇子遮住了。他忍不住提醒说:"年轻人,你用扇子挡住我了,我啥也看不到啦!"那对恋人毫不客气地回答:"我们的事,你要看见干啥?"

特色饭店

建东、建青、建冲三人到当地一家特色饭店用餐。建东点了烧蜗牛,建青点了盘炖兔块,建冲要了个清蒸甲鱼。

不一会儿,清蒸甲鱼就端上来了。建冲开始享用了。又等了好一会儿,建东问服务员说:"小姐,我的蜗牛怎么还不上来?"小姐答:"蜗牛行动缓慢,所以你要耐心等待。""那我的炖兔块呢?兔子也行动缓慢吗?"小姐笑了笑答道:"兔子和乌龟赛跑,不是赛输了吗?"

WAN RONG XIN XIAO HUA

瓶瓶越大越好

彭十三第一次去西安,人生地不熟,急尿了连个公厕也找不到。忽然瞧见不远处有个"糖尿病诊所",便眉头一皱,计上心来。

彭十三进到诊所里挂了个号,他对医生说:"请化验一下我是不是得了糖尿病。"医生取一小瓶递给他,叫他到帘子后边尿点尿。他说:"大夫,请给我个大瓶瓶吧,越大越好!"医生说:"这是取尿样哩,可不是叫你灌醋哩。"彭十三说:"我一尿开就收不住了。那咱先说好,我把小瓶子尿溢了可不负责任!"

WAN RONG XIN XIAO HUA

您能让她出来跟我玩吗

7岁的丽丽在公园遇到一位面容和善的孕妇。孕妇迟笨的行动和她鼓鼓囊囊的肚子叫她十分好奇。丽丽问:"阿姨,您属啥?"孕妇答:"属鼠。"丽丽高兴得直拍小手:"我知道了,您属袋鼠吧?袋鼠走路时总把她的小孩子儿装在鼠袋里。我妈妈属马的,所以她总是把我驮在她背上送我去幼儿园。"稍停片刻,丽丽又问:"阿姨,您能让你的小孩儿出来跟我玩一会儿吗?"

大门好好的

老父亲退休后不甘寂寞,找到城里一家单位看大门。秋林放了假去看望他爸。他爸说:"你来得正是时候。替爸看一会大门,我到门口理个发就回来。"

父亲走了不到1个小时,保卫科长就来到门房说:"你爸哩?"秋林告他去理发了。科长说:"怎么搞的,小偷刚把职工的一辆自行车骑跑啦!"

秋林爸回来,他责怪秋林说:"让你看大门哩,你也不管事!"秋林说:"是呀,你走后我两眼一直盯着哩。你看,这两扇大门都好好的嘛!"

WAN RONG XIN XIAO HUA

没有发票给油票也行

康师傅开车去运城,看看油不多了,就到石化加油站加了20公升汽油。交钱后让收款员开发票,那小姐说:"对不起,发票用完了。你明天来取吧。"康师傅说:"我今天回我万荣,明天还能因为个发票再跑来?"

小姐说:"发票反正没有了,那你说该咋办?"康师傅说:"嗯,你的桌上不是放着油票吗?给我油票不就行啦?"小姐一时弄晕了,她拿出20公升油票递给康师傅说:"这下问题就解决啦!"

站起来怕叫老鳖看见

当地人把甲鱼叫做老鳖或者王八。严老汉的孙子很喜欢老鳖,严老汉就到城里给他买了一只。买回来就放在门前的池塘里,因为老鳖喜欢水。

这天午饭时候,严老汉怎么也找不见孙子。他站在大门口喊了几声,没人应,心想孙子可能在池塘看老鳖,就往池边上去找,果然池塘边的草丛里爬着他孙子,他正在静悄悄地观察老鳖哩。

严老汉一把拽回孙子问:"为啥叫你你也不答应?"孙子答:"我是怕老鳖听见呀。"严老汉又问:"那你不会站起来一下?"孙子说:"我怕站起来叫老鳖看见呀!"

新新的车不舍得压

新民省吃俭用，攒了两年钱买了一辆农用三轮车。新民十分喜爱这辆车，就是对他儿子也没这么亲。

这天，他开车去镇上买东西，村里人想搭他的车，被他拒绝了。他说："新新的车还舍不得载物哩！"他在镇上买了两把笤帚和3条麻袋，就开车往回返。

同村的福元见新民空车回村，老远就喊："帮我捎个东西吧！"新民与福元关系最好，新民于是把车停住了问："捎啥呀？快装上走！"

福元指着路边的石磨说："豆腐磨。"新民一看就说："你的石磨又硬又沉，我怎舍得让它压我的新车呢？"

福元道："那把你的麻袋铺在车上，石磨放在这麻袋上不就行了？"新民说："不行不行，我的麻袋也是新的！"

福元生气了，说："不行算啦，我找别的车捎吧！"新民见福元真的发火了，就说："我想出好办法啦！来，你来开车，让我坐到车厢里，把你的石磨抱在我身上，让石磨压我不就行啦！"

WAN RONG XIN XIAO HUA

这鱼原来是活着哩

根福姓孔,他在村外大路边开了个"孔师饭铺",生意还凑合。

这天,饭铺前停下一辆车,车上几个人坐下要吃饭,特别强调要炖一条活鱼。根福满口应承,用死鱼炖了炖端将上来。那几个人是吃鱼行家,一看就说:"这怎么是死鱼?"根福说:"哎呀,它原来活着哩。"他怕客人不相信,就比划着说:"一买回来的时候,它扑楞扑楞,抓都抓不住哩。"

客人问:"你说是什么时候?""就是上个月嘛,这不,还不到20天哩。"客人问:"那后来呢?""后来,你们要吃它嘛。即使它还活着,也要先杀死才能炖哩;即使不杀死就炖,那也要炖死才能熟哩,熟了才能吃哩。"

WAN RONG XIN XIAO HUA

我洗洗鼻涕

运城农村把鼻涕念"普替",是当地方言。然而这个方言晋城人却听不懂。

一天,晋城一位剃头把式来到镇上剃头。这几年很少能见到剃头把式了,理发店都是用推子给老汉推光头。几个老头听说后急忙前来剃头。文堂老汉排在第一名。剃头把式用热水把他头发洗软后,掌好剃刀正要开剃,只听文堂老汉说:"等一等,我擤擤(方言读洗洗)鼻涕。"因为他的鼻涕流下来了。

剃头把式听他说:"洗洗不剃",立刻就火了。他说:"你剃是两块,不剃是3块!"旁边老头一听他不讲理就说:"我也不洗,我也不剃,我走啦。"剃头把式气晕了,他说:"不洗也不剃,4块!"

要奶奶给我当媳妇

那几年周庄一带兴娃娃亲,孩子十来岁就都订了婚。这天,王板跟老婆商量,准备给自己11岁的儿子找个媳妇订婚。

儿子听见后就对王板说:"爸,我都有了媳妇啦!"王板大吃一惊说:"哪个是你媳妇?"儿子说:"我奶奶呀。"王板说:"傻小子!奶奶怎能给你当媳妇呢?"

儿子问道:"你跟我奶奶叫啥哩?"王板说:"叫妈哩。"儿子一拍手道:"这就对啦。我妈能给你当媳妇,你妈就不能给我当媳妇吗?"

不给鬼子当祖宗

抗战期间,有一天,一队日本鬼子来到荣河齐村"扫荡"。村中男女老少都躲走了,唯有一个叫做"老傻爷"的70岁老汉跑不动,他干脆坐在村里的影壁前边晒太阳,边把裤子揭开捉虱子。

日本小队长带了几个鬼子把老傻爷团团围住,老傻爷却对他们视而不见。鬼子见他蓬头垢面,又不断捉出虱子来"嘣"地一挤,于是一齐把枪扔到地上,一个个跪下磕了几个头,叽哩哇啦说了几句就走了。

随日本鬼子进村的伪军官悄悄问翻译官说:"皇军说的啥?"翻译官说:"太君看到傻爷,认为他像他们供奉在靖国神社的老祖宗,就喊了几声活祖宗走了。"

后来,这事让村里人知道了,都说给老傻爷听。谁知老傻爷一听就跳起来说:"不干,不干!我真是倒了八辈子邪霉——给这些王八鬼子当祖宗,还不如杀了我哩!"

谁尿到了我的大衣上

梅局长在芮城县开完会后,坐上自己的桑塔纳轿车摸黑回运城市。车走到中条山上,他叫司机停车,下去小便。

山顶上风很大,天也很黑。他走到路边就尿,尿被风刮到他的棉大衣上了,他上车才发现大衣湿了一大片。

他问司机说:"小建,你刚才咋把尿尿到我的棉衣上啦?"司机说:"我离你有好几米远哩,哪能够得着你的大衣?"

梅局长点点头自言自语道:"哦,不是你尿的,也不是我尿的,那会是谁尿的?"

难道是我

里屯村有个名叫彩花的大姑娘未婚而孕。他父亲看着自己的大肚子女儿问她:"是谁把你弄成这样了?说出来,我非打断他的腿不可!"

彩花摇头不说。他父亲只好问:"是不是二狗?"彩花摇摇头。他父亲又问:"是不是三牛?"彩花又摇摇头。

他父亲把村里青壮年男子的名字一个个都问遍了,彩花还是直摇头。他父亲火了,指着自己的鼻子吼道:"这个不是,那个也不是,你说,他难道是我?"

WAN RONG XIN XIAO HUA

连喜学戏

新婚之夜,秀花对连喜说:"我爸我妈都爱听戏。明儿回门他们一定会叫你唱两句。"连喜说:"我一句也不会唱。"秀花说:"我教你几句吧。我唱一句你唱一句。"

秀花唱:"五更天那个嘿嘿!"连喜跟着唱了一句。秀花说:"声太大啦!"连喜跟着说:"声太大啦!"秀花生气地骂道:"看你那球势!"连喜也说:"看你那球势!"秀花以为他故意开玩笑,就说:"再胡缠我就不连你睡啦!"谁知连喜也照着说了一句。

第二天新女婿回门,岳父岳母果然要他唱戏。连喜无奈,只好硬着头皮唱道:"五更天那个嘿嘿!"唱完说:"声太大啦!"岳父说:"唱花脸就是要声大哩!"连喜接下来喊道:"看你那球势!"岳母听了生气了,说:"你怎么骂人哩?"连喜道:"莫缠,再胡缠我不连你睡啦!"

秀花见惹出了乱子,忙向父母解释。父母指着连喜说:"真是个实在的小伙!我们喜欢他!"

WAN RONG XIN XIAO HUA

剥了皮儿吃

王六石这几年种药材发了财。正月十五,他专门领着妻子去逛运城。看到有人在街上卖胖哥元宵,他对妻子说:"咱山里的元宵都是用软面包枣泥然后入油锅炸。人家这元宵咱还没吃过,买二斤尝尝?"妻子同意,他于是买了二斤元宵。

一上午没有吃东西,所以坐上回家的公共汽车就觉得饿了。王六石一想,咱买的有元宵,为啥不拿出来吃?于是解开包取出元宵就往嘴里填。他嚼了半天生元宵觉得不好吃,于是就把它吐到了车窗外面。

车上的人见王六石不会吃元宵,都告他说回去用开水煮熟才能吃。王六石强辩道:"这元宵煮了能吃,不煮更好吃。刚才我是连皮吃的,所以不好吃。这回我剥了皮吃给你们看!"

WAN RONG XIN XIAO HUA

我们怎么能等他

勇才和几个同伴到火车站乘车外出。到了正点开车的时间,火车还没来。车站服务人员告他们说列车晚点了两个小时,要他们耐心等一会儿。

勇才一听立即火冒三丈:"前几天我坐火车,只晚了5分钟它就开走了!哼,我喊破喉咙它也不停。今天它晚点两个小时,却要我们在这儿等它,真是岂有此理!走,老子不坐了!"

埋手电

傻子陈下闹乘父亲不在家的时候，把父亲新买的手电拿出来玩。可是不知怎么一下就把开关开开了。

下闹一见手电亮晃晃的，十分高兴。可是却不知怎样关住手电光。他使劲往灭里吹，不行；又用手使劲拍，还不行；他又把手电压在被子里面，可又怕时间一长手电光把被子烤着了。

他在屋里急得团团转，生怕父亲一脚迈进门栏来。忽然，他灵机一动："咱干脆把手电埋在麦囤里吧！"于是他踩上凳子，用麦子把手电厚厚地埋上。

过了几天，他偷偷把手电刨出来，只见它果然不亮了。陈下闹高兴地说："下次你再不听话，我就把你埋到红薯窖里去！"

刷树只刷半边

村道两边有两排高大粗壮的梧桐树。听说上面有个卫生检查团要来村里检查工作，村委主任就唤来老灰，要他弄点涂料把那两排梧桐树刷一刷。

老灰领命而去。可是刷了几棵树才发现要刷完这些树十分费劲哩！他想去跟村委主任说再让他派几个村民来帮他刷，可是又不好意思张口。于是他想：村委主任常常要求我们创造性地干活儿，今天，我就给他创造一回。他把两排大树朝路的半边都刷白了，而朝庄稼地的那半边却不去刷。这样，省工省料，他只用一天就完成了任务。

村委主任在村道上走了一个来回，夸老灰干得漂亮。可是当第三天卫生检查团从村里一走，老灰立刻被村委主任叫了去。村委主任骂道："谁让你刷树只刷半边？哼，检查团的人转到树后头去，才发现你在日弄人家！"老灰说："唷，这就是您的责任了，你领着他们在村道上走就是了嘛，怎么让他们转到树后面去看呢？"村委主任说："我怎么知道人家的帽子会被风吹到庄稼地里去呢？"

WAN RONG XIN XIAO HUA

哈,豹子真憨

石梁村在半山腰上。这几天山上闹豹子,半夜里豹子跑到村里来,跳进老柴的羊圈把一只种羊给叼走了。这只种羊能卖五六百元哩。

天明老柴清点羊群,才发现豹子背走的那只羊是"老骚胡"羊。这下他转悲为喜了。他高兴地对村人说:"哈,豹子真憨!这么多肥羊它不叼,偏偏叼走梢胡羊。梢胡羊的肉一股骚气,狗都不好好吃哩。我看他怎么咽下肚去!"

还不都是一样吗

东民再过几天就要娶新娘,可是家里还没有办酒席的钱。于是他到信用社去贷款。信用社人说:"银行的钱是借给农民发展生产的。办酒席不能借给你钱。"

东民回来想了一夜,第二天天亮就去找村委主任开证明,他拿上证明又到了信用社。信用社人一看,上面写着:"因李东民急需3000元钱买驴发展生产,申请贷款。"信用社人只好贷给他3000元钱,并且好奇地问他:"昨天是办酒席,今天怎么又要买驴。你到底贷款干啥?"东民说:"还不都是一样嘛!"

WAN RONG XIN XIAO HUA

自行车怎么倒不了

腿腿生在山区，改革开放前很少见有人骑自行车。有一天，外村人骑自行车从村里经过，村里人很稀奇。他们问腿腿："这家伙只有两个轱辘，咋能骑着走不倒？"腿腿说："你们不见有一根铁管插在骑车人的屁股下面吗？它一下插到人的肚子里，人不倒车子就倒不了。"

有人不信，说："铁管子插在屁股里就不难受？"腿腿说："咋不难受？你没看见他骑着自行车两边扭吗？"

两回就猜中了

庄王村丁喜喜家的母牛生了个牛犊,他高兴得到处跟村人说。村东头的王大爷问:"喜喜,你家母牛生下了个啥?""嘿嘿嘿嘿,您老人家猜嘛!""是母牛""嘿嘿嘿嘿,不对。""那准是头雄牛!"丁喜喜一听这话就不笑了。他两眼窝瞪得酒盅般大小,十分惊奇地对王大爷说:"人说生姜老的辣,果然不假!您才猜了两回就猜中了,真有水平!"

假如我不砍

岭底镇有兄弟俩到河沟里戏水玩耍。弟弟躺在浅水处,把一只脚的大脚趾露在水面上。

哥哥见状大惊失色,急忙悄悄爬到岸上,从草筐里拿出镰刀慢慢地走近"脚趾头"。弟弟正躺在水里美得不行,不防脚趾头被哥哥飞来的镰刀削去一片肉,顿时鲜血染红了河水。

弟弟哇呀大叫:"你为啥用镰砍我的脚趾头?"哥表功似地说:"你光顾着耍水哩,刚才一条水蛇露着蛇头就在你跟前哩! 要不是我这一镰砍掉它的头,恐怕连你的大腿都让它咬掉啦!"

弟弟气愤极了,说:"是你把我脚趾头砍伤啦!"哥哥不以为然地说:"快不要说了,砍死那么大一条蛇,咱们还能不付出一点儿代价?"

内股外股和妇股

县医院新调来一位院长。此人原在乡镇工作,不懂医。一天,他到门诊楼上转悠,转了一圈很生气。他把内科、外科、妇科等医疗科室的科长们召集起来开会。

院长说:"咱这县医院算什么级别?"大伙儿答:"科级。"院长说:"医院是科级,那么你们为何也是科级?"内科科长说:"我们科室应该是股级。没人说是科级呀!"

院长说:"那为什么叫内科、放射科?以后一律改成内股、外股、妇股!"

FU ZHANG CHENG KUI

抚掌称快

● 猩猩和狗熊也会击掌,然而它们却不会体会到人类那种高级的快乐,这种快乐是幽默赐予的。

● 傻子和痴呆也会做出让人觉得可笑的事来,但他们却不懂得什么是可笑。

● 当人们用心灵鼓掌表达快慰时,心灵正在比蜜还甜的温馨中溶化……

WAN RONG XIN XIAO HUA

是乡长叫我来的

王乡长领到一笔奖金。他把乡秘书小刘找来说:"我忙,走不开。你马上把这300块钱送给我爱人,让她把那套衣服买回来,省得成天烦我。"小刘正要走,乡长又说:"你悄悄去我家,别让我娘瞅见了!"

小刘领命,赶紧回到宿舍套上一条干净的裤子就往乡长家里走。到了家,他溜进王乡长老婆的屋里。乡长老婆见是小刘,忙问:"王乡长咋没回来?"

小刘摆摆手说:"你婆婆在家吗?"乡长老婆指指婆婆的东房说:"串门去啦。""这就好。"小刘说完就去掏钱,不想他把钱装在里面的裤兜,套裤子时忘记拿出来。于是他只好解开皮带扒外面的裤腰。

乡长老婆忙问:"你要干啥?俺可不是那号人!"小刘急忙压低嗓门说:"莫嚷嚷,我给你钱哩!"乡长老婆大惊失色,忙夺门而出,边跑边喊:"给钱也不行! 羞死人啦。"

小刘提着裤子追到院里说:"别跑嘛,是王乡长叫我找你,我也不想来。"

比我要个娃还难哩

《黄河东岸》编辑部一位女编辑曾多次向竹教授约稿,但由于工作忙或者是其他原因,都未能如愿以偿。

这天,女编辑见了竹教授,又提起约稿的事,尽管竹教授一再解释,并且向她赔不是,但是女编辑还是十分生气。她说:"我要你个稿子,一年了你也没有写出来,真比我要个娃还难哩!"

WAN RONG XIN XIAO HUA

我叫你溅个够

二青刚刚回村度假就碰上连阴雨。家里的厕所溢了,他老婆叫他赶快把茅粪担一担,要不,人都没法上厕所了。

二青满肚子不高兴,可又不能不去干。他踮着脚尖走到茅坑边,提起粪勺子正要往粪桶里舀粪,就听咚地一声,粪勺子掉进茅坑了,溅了他满裤子满脸都是粪水。他想把粪桶提走不担粪了,谁知刚提起桶梁,又是咚的一声,桶梁提脱了,桶身掉进了粪坑。这一掉,把他身上又溅了不少粪水。

这一下二青火了,他提着粪勺把一下接一下朝茅坑里戳去,一边戳一边喊:"我叫你溅!我叫你溅!"粪水被他用粪勺把打得四处飞溅,把他的脸上、身上全溅遍了。

他老婆听见他在厕所喊叫,不知出了啥事。到跟前一瞧,骂道:"你疯啦?"

二青根本就没听见老婆说话,他仍然双手握住粪勺把往粪水里砸,边砸边喊:"我叫你溅个够!我叫你溅个够!"

这不是咱家的汽车

安定和他老婆一起到四川游玩。这天,他们乘坐一辆公共汽车翻越大山。下山时,刹车失灵了,汽车直向山下冲去,眼看就要掉进万丈深谷。

车上的乘客和他老婆吓得大叫起来,把正在睡梦中的安定叫醒了。他老婆说:"怎么办呀!汽车要翻进山沟了!"安定看看外面说:"你急啥?这车又不是咱家的。它就是摔碎了又与咱何干?"

老俩口打扑克

冬日夜长,看电视也没意思,于是争娃就想和他老伴玩点别出心裁的游戏取乐。他们商量了一气,决定用随身携带的东西来"打扑克"。

老伴先出"牌"。她把花镜下了放到炕桌上说:"二饼!"争娃把旱烟袋放到眼镜上说:"7!"因为7比2大嘛。老伴一看,急忙脱下小脚上的绣花鞋说:"尖子!"争娃看看没有东西能压住"A",就往桌面上一爬说:"王八!"

一看老伴没了招,争娃高兴地笑起来。突然老伴骑到他身上说:"王八也得人喂哩!我压住你啦!"

WAN RONG XIN XIAO HUA

梨树学懒了

万荣县境内有座四周围都是平地的奇山，名曰孤山。孤山上梨树很多，孤山梨遐迩闻名。山顶上的古村有个叫仙果的妇女，是个种梨能手。去年春天，仙果到王过酥梨的家乡运城市泓泽镇去参观梨园，见那里的梨花要比孤山顶上的梨花早开10来天，就花钱买来一株梨树栽在山上。她想：到了来年春天，我这株梨树就会在这孤山上一花独放！

可是到了它应该开花的时候了，它还不开花。山上的梨花都开放了，它才开花喷芳。人们笑道："你不是说你这株梨花要早开吗？"仙果说："咱山上的梨树懒，不想这梨树也跟着他们学懒啦。"

WAN RONG XIN XIAO HUA

妈就是要当牛做马哩

泰泰结婚以后,对他的老母亲越来越不像话。每天让母亲干所有的家务活,只给她吃剩饭,穿旧衣服。母亲年纪大了,经常累得直不起腰。

一日,趁媳妇不在家,母亲唏嘘落泪道:"泰泰啊,想不到你都30岁人了,你妈还要为你当牛做马哩。"

泰泰一听就说:"妈妈呀,你是不识字还是咋着?我问你:'妈'字咋写哩,不是个女字加个马字吗?这说明当妈的就是给儿子当牛做马哩。"正说之间媳妇领着孙子回来了。听见这话,孙子跑过去说:"奶奶,你别伤心。我妈也是给我当牛做马哩。"

WAN RONG XIN XIAO HUA

司机比快

两个司机出车,晚上宿于一家旅店的同一房间。吃罢饭又看完《焦点访谈》,二人聊着聊着就开始吹牛了。

李勤说:"我喜欢开快车。有次打万荣去临猗,嘿,那车开太快了,只见路两边的杨树齐刷刷地向后倒下两大排。第二天,公安局人找我,说我是开车毁林!"

赵虎说:"那算啥啦!有次我打临猗回万荣,也就是油门踩得重了些吧,急转弯的时候猛一看,嘿,怎么前面的车也挂着我的车牌号?细一瞧,原来转弯速度太快,我看见了我自己的后车牌!"

我把门关住睡了几天

洪子满脸喜气。朋友问他:"这几天没见你,忙啥去啦?"洪子说:"忙睡觉哩。"朋友问:"怎么睡觉?"洪子说:"你不知道,这些天我张罗给娃娶媳妇哩。白天黑夜忙得不能合眼。这不,前几天刚把娃媳妇接过来塞到屋里啦!我把门一关,美美睡了他几天。唉,真把人使熊啦!"

公了我也不害怕

有臣十分喜欢自个小孙孙,老爱逗他玩。一日,儿媳正在抱着孩子喂奶,有臣看见孙孙边吃奶边看他,就走过来了,他想摸一下孙孙的小脑袋,让他好好吃奶,不想小孙孙头一摆,他的手一下摸到了儿媳的奶头上。有臣自知干下了羞人的事儿,于是急忙走了。

晚上媳妇把这事跟儿子说了,儿子说:"咱爸摸你奶头,不可能!"第二天,媳妇一气之下回了娘家。儿子这下不愿意了,他对父亲说:"爸,你怎么能随遍摸她呢?"

有臣说:"摸已经摸了,你说该咋办?是私了,还是公了?如果私了,咱啥都不说了;如果是公了,我也不怕你!我不过摸了你媳妇一下,可你小时候把我媳妇的奶头摸扎啦!"

WAN RONG XIN XIAO HUA

治脚疼

有个娇气的妇人脚被蝎子蜇了一下,本来也没有多疼,她却小题大作,大喊大叫。邻居听说本巷他二叔会"禁",忙叫人请他来给"禁禁"。

他二叔想治她的"娇气",就搬了一架梯子说:"我叫你怎么你就怎么。"那女人满口答应。二叔说:"你顺梯子慢慢往上上。"

女人上一节,二叔问还疼不疼,女人说疼,二叔让她再往上上,快上到梯子顶了,问她还疼不疼,女人说:"还疼哩!"

二叔于是说:"疼你还上这么高,不疼你还上天上去哩!"

WAN RONG XIN XIAO HUA

为了叫你们高兴

廉有来当过荣河县县长,还当过副专员。在平民百姓看来,他这官就当得可以了。可是他一点儿官架子也没有,为人随和,而且喜欢说笑话逗乐。

前些年运城地区流传许多万荣故事,有人说那都是廉专员的真事,说他"争气很大"。比如,有人把"廉专员卖羊"的故事编得有声有色,说这就是廉专员当县长时那年那月那天所为,讲得人们捧腹大笑。

有人见了廉专员就问他:"他们讲的你那些'争气'故事,到底是真的还是假的呀?"起初,廉专员总笑而不答。后来,廉专员问:"你们说我那些故事逗人不逗人?"人们答:"嘿,真逗死人了! 想起来就想笑哩……。"

廉有来说:"那么,你们就不要问这些故事是真的还是假的啦。只要能叫大伙儿高兴,我就承认这些故事是真的——我如果说这是编造下的,怕你们扫兴哩。"

开塞露插鼻孔

运城地区的方言里,鼻和皮同音,当地人把鼻孔叫"皮眼"。

根德老汉得了大便干燥症,医生给他一管开塞露,告他回家插到屁眼里捏几下。他认为"屁眼"就是"鼻(皮)眼",所以往床上躺,将开塞露的塑料管插在鼻孔里。插了一天,不见效果,第二天他又去找医生。医生笑得前合后仰,告他说:"你听岔啦!是叫你插到屁股后面的肛门里面!"

我没有吃一口

在这个小城,人粪尿是可以卖钱的。一般家户的小厕所,粪便满了可卖2至3元钱。

这天,两个农民到刘直直家挑粪。刘直直问:"给多少钱?"农民说:"1元钱。"直直说:"上个月还3块钱哩,现在才给1块?你们看好,这都是人粪,难道像狗粪一样不值钱?"

农民坚持给1块钱,说这厕所不怎么满。刘直直听了道:"满不满也是一厕所嘛,我又没有吃一口。"

WAN RONG XIN XIAO HUA

万荣新笑话

88

我不来对不起你

小智到老王的瓜地偷瓜,被老王的老婆逮住了。老王把小智叫到瓜棚里,让他洗洗手,还到地里挑了一个好西瓜送给他说:"小伙子,你想吃西瓜就来告我一声,为啥要偷呢?"说完,就把小智放走了。

谁知过了几天,小智又来地里偷瓜,这次是老王亲手把他抓住了。老王责备小智说:"你上次偷我瓜我都没有惩罚你,对你还那么好。可是,你怎么还要来偷我的瓜呢?"

小智说:"正因为你对我特别好,我才觉得我不来对不起你。"

WAN RONG XIN XIAO HUA

羊屎蛋当蜜枣

毛头不信邪，总想捉弄一下本村的神汉财旺。他对财旺说："神哥，我有个法能叫你再扩大扩大知名度。"财旺问："啥法？"毛头说："哪天求神的人多了，我就手握一颗蜜枣让你断。你当众说出这是蜜枣，人们肯定信服得五体投地。你看行不？"财旺说："行！"

几天后，有一群妇女找财旺问病求药。毛头拾了一粒羊屎蛋握住拳头问财旺："财旺哥，你怕是又在骗人吧？我手里有样东西，你若能猜中，我才信你哩！"财旺道："少在神前说不敬的话。你手中不是一颗蜜枣倒是羊屎蛋？"毛头一蹦老高说："呀，我真服你啦！真是蜜枣，赏你吃了吧！"说着，就把羊屎蛋塞进财旺嘴里。财旺情知不是蜜枣，但在众人面前，他还是大吃大嚼地说："蜜枣真香。"

还有一集电视剧没看

万家庄万明祥的父亲身患癌症3年多了,人瘦得像个鬼,吃也吃不下,喝也喝不下了,医院几次下了病危通知书,明祥兄弟早把他的棺材做好放在那里,可老先生就是不咽气。

这天夜里,明祥爸爸突然紧闭双眼停止了呼吸。人们七手八脚给他穿上老衣,邻居把棺材抬来将他的尸体放了进去。

就在村人为他安排后事的时候,明祥爸爸突然在棺材里喊叫开了。他说:"我不能死,我不能死呀……"

人们听到他说话都吓晕了。明祥他们趴到棺材上一看,只见老父亲眼睁着,口张着,轻声哼哼着,样子痛苦极了。

明祥说:"爸,您老人家还有什么事放心不下,就尽管吩咐吧!"

老人家喘息了半天说:"我不能死,我就是死了也不能埋我——有部电视连续剧的最后一集还没演完,……"

我也不是万荣人

一个东北人和一个南方人都来万荣县出差,他们俩又都住在同一家宾馆的 250 房间。

这天早晨,俩人同时起来了,又同时出了房间到外面散步。雾很大,雾天的朝阳混混沌沌的,乍一看好似白白的月亮。

东北人看了半天,奇怪地问:"朋友,这天上是太阳升起来了,还是月亮没落下去?"

南方人听他这一问,仔细端详了半天才说:"这个问题真把我问住了。说老实话吧朋友,我也不知道它是太阳还是月亮。因为昨天晚上我已经告诉过你了:我也不是万荣人啊!"

不能让她给咱织毛衣

敏敏妈买了许多好看的毛线,想给敏敏织一件漂亮的花毛衣。敏敏高兴极了。可是妈妈这几天特别忙,每天早出晚归,根本没时间织毛衣。

邻居的张阿姨手很巧,又闲得没事干。于是敏敏妈就求她给敏敏织毛衣。张阿姨谦虚地说:"这种花毛衣我也没织过。我学着织吧。"

敏敏悄悄趴在妈妈耳边说:"别让张阿姨织毛衣。咱们家买的毛线,让她练习手艺,咱们不是吃亏了吗?"

WAN RONG XIN XIAO HUA

出生地：县医院妇产科

乡里征兵，柱子和几个伙伴都去报名。武装部的人给每人一张表格，让他们填报姓名、年龄等基本情况。

柱子一栏一栏认真填写，冒了一头汗珠子。填好后交给武装部的人。人家一看就笑了：柱子在"出生地"的栏里填上了"县医院妇产科"6个字。

武装部的人说："小伙子，你填错了。出生地就是填你在什么地方出生的。"柱子说："对呀，我就是在咱县医院出生的嘛！我妈还告过我，说她本来在村卫生所生我，可后来难产，才连夜赶到县医院做了剖腹产。"

WAN RONG XIN XIAO HUA

撵得野兔吐血哩

小山山是个体育迷,他整天穿一件运动衣,可他从来也不锻炼身体。他经常对人说他是越野长跑冠军,村里人都不爱理他。

这天,小山山又穿着一身运动装在村里吹牛。东东问他:"你说你是越野冠军,今儿你给大家跑几下看看?"小山山说:"越野越野,得到野地里去跑哩,村里咋跑?"东东几个人说:"那咱们到村外去跑!"山山说:"野地里兔多,我怕我一跑,撵得野兔都吐血哩,落个伤害动物罪!"

东东一指村外的新公路说:"那咱们上公路上跑!"小山山说:"哎呀,那更不行!汽车跑得慢,我跑得快,我怕把公路上的汽车都撵得窜到沟里!"

我不信骑不过你

后坡村有个后生叫"不服人"。这天,他骑自行车载着他母亲去舅家串亲戚。

半路上,有一个年轻后生骑着自行车超过了他。那后生超车后回头朝他瞅了一眼。"不服人"这一下不干了,他对母亲说:"妈,你下来,我去跟他较量一下!"他妈坐在路边等他,他飞快地去追那后生。俩人你追我赶,一直骑了10多公里,"不服人"才追过那后生。

"不服人"教训那后生说:"我把我妈放下啦。要不我和我妈一块骑,早就赶过你啦!"

WAN RONG XIN XIAO HUA

大敢醉酒

大敢好喝酒。一天和几位朋友喝酒过多,出了酒店便想撒尿。他倚在一棵小树上,刚解开皮带就尿开了。尿完他甩了甩皮带梢,大惊失色道:"怎么长了一截?"随后就系裤带回家,不想把树干系在一起,怎么也走不了。他迷迷糊糊地嚷着:"酒钱王保都给了,你还拉我干啥?"以为是饭店老板不让他走。

　　大敢老婆前来找他,才帮他脱离小树回到家中。稍休息了片刻,大敢略有清醒,他问老婆说:"你为啥尿到我的裤子上?看把裤子全尿湿了!"

请君品尝

运喜开了个电器店,生意红火,他经常陪客户在饭店里吃饭,带回来不少饭店赠送的布手绢。运喜老婆不识字,她看见这些四四方方的手绢扔在那里太可惜,于是就用它们给自己做了一件褂子和一件短裤。

这天,运喜出差,他老婆早早穿上了布手绢做的衣服到店里去站柜台。人们一看,她胸前凸出的两乳房上写的是:"请君品尝";她一转身,屁股蛋上写的是"美味佳肴";而她背上还有4个字是"欢迎再来"。

人们听说后都来看热闹。运喜老婆说:"你们买东西就买,不买就走。我又不是猴娃,有啥好看的?"

咱爸哄你哩

山羊角村的老石有3个儿子和一个女儿。这年开春,他对大儿子说:"你领着几个兄弟好好干,年底我到山那边给你娶个媳妇。"

老二对老大说:"咱爸哄你哩,总说到山那边给你找媳妇,可咱家就有现成的媳妇他不给你!"老大问:"哪有现成媳妇?"老二说:"咱妹妹不是吗?"

老三听了说:"二哥,你说的不对。妹妹是咱家人。一家人不能娶一家人!"老二听了不服气:"一家人不能娶一家人?那咱爸怎么娶咱妈哩?"

打老鼠

贾三从来没戴过手表。这两年他在山坡上搞酸枣接大枣发了财,前几天特意进城买了一块好手表。

晚上睡觉,他把手表放在床头柜上。半夜里听见"噌噌噌"的响声。他心里骂道:"这老鼠也太可恶,啥东西都咬。我不打死你才怪哩!"想着就慢慢摸下床,顺手操起一根棍子向床头抡去。响声停了,贾三又钻进被窝睡觉。

早晨起床后贾三就去拿手表,一看表蒙子碎了,表针也坏了。他说:"多亏我发现得早!再迟一会,连这表带也要被老鼠咬坏哩!"

双模范

老强和老屈是堂兄弟,他俩不知什么时候闹开了矛盾。

去年春天,老强每天半夜都要悄悄起床,担上一担茅粪泼到老屈的庄稼地里。后来他的行动被老屈发现了,老屈也乘人不备拉几车茅粪倒到老强的庄稼地里。他还跟别人说:"哼,老强想把我的庄稼臭死,看谁的庄稼先臭死!"

麦收的时候,老强的小麦和油菜都丰收了,老屈的小麦和油菜也获得少有的好收成。老强一看这个办法不行,就又想出一个新主意。

每天夜深人静的时候,老强就提着一桶猪食倒进老屈的猪圈里。老屈的猪很贪吃,呱叽呱叽吃个精光。

后来这事被老屈发现了,老屈每天准备一些草料夜里添到老强的马槽里。他说:"你想把我的猪撑死,我先要把你的马撑死哩!"

咱俩谁也没偷谁

保保和录录是村里两个手脚不干净的人,一个住在村东,一个住在村西。这天夜里,保保溜到录录家去牵他的牛。他怕人看见,就绕到村北走。谁知录录也从村南绕过来去偷保保的牛。二人得手后回到家里,都发现自己的牛被人牵走了。保保怀疑是录录干的,录录也怀疑是保保干的。于是二人趁着夜色又往对方家里来探看。一看,嗨,这不是咱家的牛吗?于是牵上就往回走。

第二天,保保见了录录,二人忍不住哈哈大笑,说:"我没有偷你,你也没偷我。咱俩谁也没偷谁!"

PAI AN JIAO HAO

拍案叫好

●智慧和幽默是孪生姐妹。是智慧产生幽默,又是幽默表现智慧。智慧不全是幽默,但幽默却都是智慧。

●能识得幽默的人是完全的人,会运用幽默并尽可能将它发挥得淋漓尽致的人是崇高的人。

●不懂得幽默就不懂人生,没有幽默犹如天无雨露。让幽默滋润每个人吧!

WAN RONG XIN XIAO HUA

你无权替我约请客人

金锤是个十分吝啬的人。这几年他承包了村里的砖瓦窑，正赶上人们拆旧屋盖新楼，因此赚了不少钱。可他有了钱更加吝啬，对民工们刻薄得很，一年到头连条毛巾都不舍得给。

这天，几位小时的同学来拜访他，他怕人家吃他的饭，躲着不见，找来为他开车的司机去应酬大家。同学们临走时开玩笑说："你回去告诉金锤，叫他请同学们撮一顿。"司机压低嗓门说："让他请客？那得等到21世纪100周年国庆节哩！"

不想这话被金锤模模糊糊听到了。人一走他就骂司机说："你不过是个打工的，有什么权力替我约请客人呢？如果他们真的来了，你花钱去请他们，反正我不管！"

看你们俩如何回去

石榴是个女司机,心肠很软。有一回,她开着桑塔纳轿车由万荣去垣曲,临走时发现车内有两只小苍蝇。她挥着素手赶了半天,苍蝇飞来飞去就是不出车门。于是石榴生气了,她开上车直奔垣曲县城。到了垣曲,她刚推开车门,两只苍蝇便嗖一声飞了出去。石榴下车后急忙关好车门说:"哼,看你们两个小家伙怎么回去!"

WAN RONG XIN XIAO HUA

万一是真的咋办

半夜时分,庆成猛地拉灯下床,他把儿子游泳的救生圈套在腰上,这才又上床睡觉。

妻子觉得十分奇怪,问道:"你这是怎么啦?"

庆成说:"我刚才做了个梦,梦见我去当兵了。连长带我们强渡大渡河哩,可还没有开始过河哩我就醒啦。"妻子说:"那是梦,又不是真的呀。"庆成认真地说:"那万一是真的呢?我不会游泳,若掉到河里非淹死不可。因此我还是早做准备为好。"

这怎么能一样

黑子和他爸都各自有自己的乡镇企业,他俩都是"老板"。这天,黑子爸打电话说想把自己的桑塔纳卖给黑子,价钱是 10 万元。黑子一听觉得不吃亏,于是就提了 10 万元给了他爸。

收下车钱后黑子爸说:"这车再叫我坐几天吧!"黑子爽快地答应了——他是自己的老人嘛。可是黑子爸坐了一天又一天,就是不把车给他。黑子面见他爸说:"您说车卖给我了,可您还是每天用着,这不是跟没有卖给我一个样吗?"

黑子爸听他这么说很惊奇。他对黑子说:"憨娃哩,这怎么能一个样呢?过去,我坐的是我的汽车,可现在呢,我坐的是你的汽车呀!"

WAN RONG XIN XIAO HUA

倒回去再过一次

高村的何望平在谷城市当宣传部长时,最让他气恼的是每天早晨上班过铁路。因为正巧7点50分有一趟列车开过,几乎每次他都被火车挡在铁道口上,看着火车隆隆开过。他不止一次地想:总有一天再不受你火车的窝囊气。

过了几年功夫,何望平当了谷城市的市长。决心要在这个铁路口建个立交桥,彻底改善城市交通状况。

立交桥建成通车那天,他兴高采烈坐车来到立交桥头,吩咐司机说:"等火车过来时咱再过桥!"

不一会儿,一列火车隆隆开过来了。望平大喊:"快开过去!"司机拉着他驶过了铁路。

过了铁路他看见火车还在通行,就命令司机说:"把车倒回去!乘火车没有过完,咱再过他一回!"

羊都买回来了

东东和几个朋友去镇上的"夏威夷"酒店吃饭,一落座就点了一道烤羊腿,因为这是该店的名菜。

酒店的张老板说:"先弄几个凉菜喝酒,烤羊腿马上就好!"可是东东他们喝了3个小时酒,已酒足饭饱了,烤羊腿仍没上来。

东东叫来小姐质问,小姐答:"先生莫急,为了保证质量,我们都是到百公里外的山区现买活羊。刚才我们把羊都买回来了。"这时,张老板突然跑过来训斥小姐道:"怎么对客人胡说哩?什么'羊都买回来了'?我说,现在已经开始杀了嘛!再过两个小时保证让你们吃上烤羊腿!"

老板是我爸他老婆

立晨和文刚是报社两名记者。这天,他俩前去一家饭店采访。立晨先进去了,但很快又跑出来对文刚说:"今天的采访你一个人搞吧,我在外面等着你。"

文刚奇怪,问:"为啥?"立晨说:"我怕见饭店老板。"文刚说:"那老板是老虎?"立晨说:"她不是老虎,而是我爸的老婆!哦,是后娶的。"

WAN RONG XIN XIAO HUA

梦里也能把电视机摔坏

猛仔为看好世界杯足球赛，特地到岳父家借了一台彩色电视机。他把电视机捆在摩托车后座上，急匆匆地往家里赶。昨天晚上他打了一夜麻将，眼皮像磨盘一样沉重。骑着骑着，他打开了盹，摩托车窜到了路边，他被甩到庄稼地里，电视机咣一声碰在石头上摔坏了。

闯下了这么大的祸还了得？猛仔不相信眼前的一切，他把眼睛紧闭说："这不是真的，是我在做梦哩；这不是真的，是我在做梦哩。"念叨了几百遍后他竟然迷迷糊糊睡着了。行人唤他醒来后，猛仔说："真日怪，梦里也能把电视机摔坏！"

WAN RONG XIN XIAO HUA

还不如尿到自己鞋里

广勤到阳泉出差,住在一家小旅店。夜里出来解手,谁知院里的露天厕所电灯坏了,漆黑一片,他一脚踏进小便池,右脚的皮鞋里满满灌了一鞋尿水。

广勤气坏了,他把皮鞋脱掉扔在院子里说:"早知道出来解手灌我一鞋尿,还不如我不出屋子尿到我自己的鞋里哩!咳,亏了,我不尿自己的鞋倒让人家的尿弄湿了鞋!"

三三得九

清娃和荣花结婚才3个来月,荣花就捎信给在外打工的清娃,要他回来照顾她生娃娃。清娃赶到家问:"我听说娃娃在娘肚里要长9个月哩,咋3个月就生哩?"

荣花问:"我嫁给你多长时日了?"清娃:"3个月了。"又问:"你娶我多长时日了?"答:"3个月了。""那么,咱俩结婚多长时日了?""也是3个月了。"

荣花说:"看你平常灵灵的,怎么连这个账也算不来啦?"我问你:"这3个月3个月,三三就得几?"清娃说:"三三见九嘛!"荣花说:"这不就到生娃娃的时候了吗?"

清娃说:"这就对啦。那叫我赶紧去跟乡医院说一声,联系个接生的大夫!"

你我都没有胖成猪

万林云的女儿嫁在外省。这天,女儿打电话说要来看望他和老伴。老万高兴极了。第二天,他早早蹬了一辆三轮车拉着老伴到火车站去接他女儿。

心里高兴,头就发晕。他让老伴坐在三轮车上,使劲地蹬,可是三轮车总是走得很慢。老万自言自语道:"日怪啦!这一路都是下坡路,车还这么沉!"

走了不到一半的路,他蹬得腿酸腰乏。他开始埋怨他老伴说:"你最近总是吃了睡,睡了吃,看你胖成大肥猪了吧!一个人坐到车上我都蹬不动!"

老伴跟着他的车走,他还是蹬着费劲。他对老伴说:"反正你在下面走哩,还不如帮我推着车。"

老伴推着,蹬车还是费劲。老万说:"我最近也胖成猪了——所以骑在车上车都压得不走。"

好不容易到了车站。老万下车寄存车子时,才发现慌忙之中他的三轮车一直刹着闸哩。他笑了半天,对老伴说:"你也没有胖成猪,我也没有胖成猪,是车闸狗日的在捣蛋哩!"

你是鲁班弟子

王小建跟父亲学木匠多年，手艺不高，却吹劲不小。他常对人说："咱是鲁班弟子哩！"村里人因此叫他"王鲁班"。

前几天，邻村他亲戚盖房，王小建和他父亲都去帮忙干木工活。截大梁时，父亲一再叮咛王小建说："这大梁可不比别的，一定把尺寸掌握准确啊！"王小建满不在乎地说："你放心吧，咱不是鲁班弟子吗？"

上梁这天，全村人都来帮忙贺喜。王小建和父亲分头站在墙头上放大梁。大梁落在父亲这边的墙头上，就搭不到小建那边的墙头上了。可如果落在小建这边的墙头上，父亲那边又搭不上墙了——大家都看出王小建把大梁截短了，可是小建仍对着父亲喊："爸，你那头放好，我往我这头一拽就行啦！"

王小建身壮力大，他的拽不要紧，却把父亲连人带梁从墙上拽了下来。父亲当时就摔晕了。好在送到医院后被抢救过来了。王小建趴在父亲床前问："爸，你看看我是哪个？"

你父亲吃力地眨了几下眼皮说："你是哪个？哦，我记起来了——你是鲁班弟子嘛！"

就是耳朵边有个黑痣

仁娃生性顽皮。他40岁时父亲死了。出殡那天,仁娃肩扛纸幡走在送葬队伍前头。管事人说:"仁娃,你得放声大哭呀!是你爸死了呀!"于是仁娃大哭道:"爹呀——,吭吭,吭,呀,好贼!"因为他这几天守灵感冒了,一哭就咳嗽,一咳嗽就胸疼,所以哭一声爹末了总要说一句"好贼"。

哭出了村口,他听看热闹的人说:"那老汉卖杏哩,杏可熟了?"他忙止住哭声问:"在哪儿哩?甜核还是苦核?"管事人骂了他一句,他这才"爹呀——好贼"地哭起来。

出了村不远,前来帮忙的二狗说:"那是哪个村的姑娘,长得真好看!"话音刚落,就听仁娃说:"好看是好看,就是右耳朵边有个黑痣!"

WAN RONG XIN XIAO HUA

万荣新笑话

七公卖黄瓜

七公种了2亩黄瓜,他每天蹬个三轮车走村串乡地用麦麸换黄瓜,倒也挣了不少钱。

这天下午,他来到北里村吆喝生意。一个大姑娘端了一大盆麦麸出来换黄瓜。七公一看,急忙把自己外面套的单裤脱掉,把裤口扎住准备装麦麸,因为他拿的口袋已装满了。见姑娘来,七公就把盖在筐里的黄瓜掏出来让她挑。姑娘挑了一阵,指着黄瓜说:"长也挺长的,粗也挺粗的,就是太软啦!"七公说:"我天不亮就出来了,跑了一天啦,天又这么热,哪能像你想象得那么硬?"

姑娘说:"你明天再拿硬的来,反正我不要软的!"七公生气地说:"你看,我把裤子也脱了,把东西也掏出来了,你却不干了。罢罢罢,谁要软的谁来吧,你找你的硬的去!"

正说着,七公头上挨了一巴掌。原来是姑娘她妈来了。她听话只听了一半,以为七公调戏她姑娘呢,一边打一边骂道:"老不要脸的,大白天尽说牲口话!"七公被打得莫名其妙,大喊冤枉。

治疗失眠的妙方

县银行新招收了一批金融学校的毕业生。这些学生到银行上班之后大多都患了失眠症。医生说这是由于工作紧张和心理压力过大所致。他给大伙开了不少药,但吃了根本不管用。

银行行长是个好人,他看到他的员工因失眠而整天精神不振,心里十分着急。突然,他想出一个好办法,急忙嘱咐办公室小王去找几天前一位副市长作报告的录音,并要小王复制若干份,给失眠的年轻人每人发一份。

当天晚上,录音磁带就发放到失眠者的手中。第二天早晨上班时间,行长发现那些失眠者一个都没有到岗。他急忙到职工宿舍去看,见大伙还睡得呼噜呼噜的。他喊起他们来。年轻人一见行长就十分害怕地说:"昨天晚上我们听了两遍市长的讲话,想不到睡得跟死猪一样了!"行长说:"小王没告诉你们只需要听一遍吗?难怪你们睡不醒了!"

树叶何时落下来

双社的儿子在北京某单位从事美术创作工作。双社去看儿子,正巧儿子他们在中国美术馆举办中外油画展览,于是就顺便去看油画展。

双社从来没见过大世面,在这里可让他眼界大开,各种名画使他目不暇接。看着看着,他停在一幅裸女像前不走了。那幅裸女画得美极了,但关键的部位被两片飘落的树叶遮住了。

眼看到闭馆的时间,儿子还不见父亲出来,于是就到里面去找。他见双社在那幅油画前痴痴地端详,就说:"爸,美术馆要关门了,我们走吧。"双社对儿子说:"孩子,你在北京停了这么多年了,北京的树叶为啥和咱老家的不一样?"

儿子说:"怎么不一样呀?"双社说:"我都在这幅画跟前站了1个多小时了,可你看那两片树叶还是没有落下来——明天它会落下来吗?"

WAN RONG XIN XIAO HUA

小偷说得对

建星戴了一副价值800多元的新眼镜到超市里转悠。当走到食品货架前的时候,几个人挤了他一下。趁拥挤之机,有个手段高明的小偷一伸手就把他的眼镜摘掉自己戴上了。

建星觉得鼻梁上不对劲儿,伸手一摸,咦,眼镜不在了。他四处望望找眼镜,可是啥也看不清楚。他大声喊:"我的眼镜丢啦!我的眼镜丢啦!"

小偷就在他跟前站着。他对建星说:"丢已丢了,喊叫也不顶用了。你看,你要是像我这样用手老把眼镜捉住,神仙都把它偷不走!"

此时,旁边一位素不相识的顾客说:"他就是小偷!你别听他胡说!"

小偷一听,脸色都变了。可是建星却说:"谁说得对,就听谁的。小偷说得对,我就要听他的!"

说完,他紧握住小偷的手说:"相见恨晚!相见恨晚!古人云:'听君一席话,胜读十年书',我要是早知道用手捉着眼镜,我今天的眼镜就丢不了啦!"

要不我可要乱尿啦

丁村有个叫双午的人,做事总是欠考虑。有个小孩割草时在他家的坟地里尿了泡尿,他对小孩连打带骂,还要小孩赔他"污染费"。

此事传到闷娃耳里,闷娃决心去教训一下双午。凑巧双午父亲殁了,地里刚添了座新坟。闷娃那天从坟地路过,专门到坟前去看碑文。看了一会儿就解开裤子要尿尿。双午远远看见就呼道:"嗨!你怎么在我新坟旁尿尿哩?"

闷娃说:"不能在你家新坟尿尿,那你家的老坟在哪儿?快给我指一下,要不我可要乱尿啦!"

你只当是养个猪娃吧

德才当局长的时候,每逢老伴拖地,总要亲手把他的脚抬到沙发扶手上说:"受屈一会,立马就拖完了。"

德才退休居家后,每逢拖地,老伴便说:"把你的蹄子抬起来!"

一日,老德才把老伴叫到跟前说:"你嫁给我以前在农村干啥?"老伴说:"养猪。"德才问:"养头猪能挣几个钱?"答曰:"100多块钱。"于是德才十分感慨地说:"辛辛苦苦喂一年猪娃,一头才挣100元。我虽然退休了,可每月还拿七八百元哩。你对我好一点,只当喂个猪娃吧——可我比猪娃挣钱多多哩。"

杀尾巴

河底村是个有名的养猪村和屠宰村,村里几乎家家养猪、户户杀猪。而最让人感兴趣的,是金老刀的"杀猪研究会"。

金老刀是杀猪研究会的会长,他的两个儿子是研究会成员。该会的宗旨是:研究一种最好的杀猪方法。今年他们的努力目标是:使杀猪杀尾巴的新杀猪法取得试验成功。

金老刀对闻讯前来采访他的记者说:"过去杀猪是用刀子捅猪的心脏,又残忍,又流血,十分落后。我们要通过各种努力,发明一种新方法只要用刀割一下猪尾巴,猪就马上死去!"

有名女记者问道:"如果您用刀割掉猪尾巴,这猪还不死,那您怎么办呢?"

金老刀说:"这好办。那就把它按倒,照传统的杀法再给它一刀。"

WAN RONG XIN XIAO HUA

咱也是专业户

厚丰是个大事做不来,小事又不做的人。这几年小病大养,无病也养,不思干工作,整天往医院跑。一年365天,他起码要在医院输300天的液。据单位会计统计,他每年要花掉几万元的医药费哩。

一日,厚丰自医院出来后在小酒馆喝酒。酒喝完了他嚎啕大哭,哭得涕泗长流,边哭边捶胸跺足道:"说什么我都成了输液专业户,你们管得着吗!我这辈子的理想就是要当个专业户,当不了别的专业户,这输液专业户我也要当嘛!"

裤裆里藏活鸭

剑南大学毕业后就留在北京工作。这天,父亲打电话说他要去北京看他,问他需要带点什么家乡特产。剑南说:"爸,你给我带一只咱家养的活鸭子吧,我想吃鸭汤哩。"

于是剑南爸提了一只大肥鸭就出发了。没想到火车上不让带活动物,他左思右想,最后把鸭子塞在自己的裤裆里混到了火车上。

火车走了一个时辰,鸭子在裤裆里折腾起来,剑南爸怕鸭子闷死了,就悄悄解开裤扣,让鸭子的脑袋伸在外面。他对面座上坐了一个近视老太婆。老太婆死盯住长长的鸭脖子看个不休。

剑南爸说:"看啥哩?这也没见过吗?"老太婆说:"天哪,我活了这么大,哪里见过这长着两个眼的东西?"

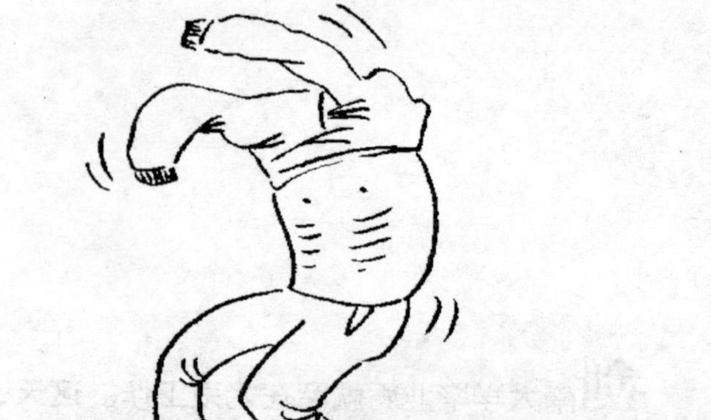

过河

文文的村子后面,有一条浅浅的小河,小河上面架着一座独木桥。独木桥很窄,只容得1个人通过。这天,文文要过独木桥到山上锄地,可是他刚出村走到桥边。就发现牛二从山坡上下来,正好站在对面桥边。

二人的脚步同时踏上木桥,二人同时向桥中间走去。走着走着,两人面对面站住。牛二说:"你让我先过河!"文文说:"你让我先过河!"争执了10分钟,互不相让,只见两人都把手中的锄头扔到河里,在独木桥上扭打起来。扑通一声,两人都从桥上跌到了河里。

村里有位德高望重的老人看见了,就把他们叫过来狠狠教训了一番。老人说:"咱村几十年来凡是过这桥都你让我,我让你,没有想到今天出了你们两个抢着过桥的小杂种!"文文被骂哭了,说:"以后我改正,再也不跟人家争着过桥了!"

文文说到做到,过了几天,他又一次隔桥与牛二相遇。文文避在一边说:"牛二哥,请您先过桥吧!"牛二也避到一边说:"文文哥,还是您先过吧!"二人站在桥头推让了半天,谁也不先过河。

文文说:"您不先过河我就从河里趟水过河!"牛二也说:"您不先过我也不从桥上过了!"说完,两人扑通一声同时跳到河里趟水过河。走到河中间,牛二说:"文文哥,我让你先过桥你为啥不过?"文文说:"你为啥不过?"二人说着又吵起来了,接着在河水里摔开了跤。

WAN RONG XIN XIAO HUA

我开车我还不喝酒哩

海水是个小车司机。一日,他开车拉着几位朋友去外地游玩。天色晚了,几个朋友仍旧在饭店里猜拳喝酒,闹得不可开交。海水几次劝大家上车回家,可是没有一个人理会。

海水突然把桌子一拍说:"别喝啦!"朋友们一齐问道:"为啥不喝了?"海水喝道:"我开车哩,我还不喝一口酒哩;你们又不开车,喝那么多酒干啥?"

大伙一听,你看我,我看你,眼珠乱转。最后他们纷纷丢掉手中的酒杯说:"对呀!人家开车还不喝酒哩,咱不开车却喝那么多酒干啥?走吧,不喝啦。"

WAN RONG XIN XIAO HUA

买猪蹄

庄台爱吃酱猪蹄。这天他去东库赶集,见集上一人卖猪蹄,就停住摩托车问:"你的蹄子?"

卖猪蹄的妇女用眼睛白了他一下,他也没看见,继续问道:"你一只前蹄卖多少钱?"妇女问:"喂,你会不会说话?"庄台说:"我这不是说话是猪叫哩?"紧接着他又指着猪蹄说:"不会说话我就是要你的蹄子!"

WAN RONG XIN XIAO HUA

卫四正

村小学来了个青年教师，一上课就先拿出花名册给学生点名。她拿的花名册是老校长亲笔抄写的，姓名是竖着写的。

青年教师念一个名字，让学生站起来再坐下。当她念到"卫四正"的名字时，连住念了几遍也没有人站起来。念完之后她问："还有谁没有被点到？"

学生卫罡站起来说："报告老师，我的名没有点！""你叫啥？""卫罡。"老师又翻了一下花名册说："怎么这上面没你的名字？你过来，把姓名写到我这里。"

卫罡急忙走到讲台上，在名册上写下"卫罡"两个字。谁知女老师一看就大喊起来："我叫卫四正，你不答应，还说你叫卫罡！这卫罡不就是卫四正吗！"

每人跟你喝三杯

局长喜欢热闹,却不愿意多喝酒。这一天,他与几位朋友和下属在一起喝酒聊天。

下属们说:"局长,您不要多喝。这样吧,我们每人跟您喝一次,我们3杯,您只喝1杯。"

局长十分高兴,于是喝了1杯,小王连喝3杯。下来是小赵,同样是局长1杯,他3杯。一桌人都转圈喝完了,局长才发觉不对。他说:"你们每人只喝了3杯,我喝了几杯?"大家说:"你只喝了1杯呀?"

撵汽车拾粪

山凹庄村前面通了公路以后,这个原先十分偏僻的小山村还闹出了一桩喜人的事。

村里有个老汉叫吕毛头,他有个在大路上拾马粪的习惯。每天清早起来,他总要去拾一筐粪背到地里。

这天天还不亮,他就起来去拾马粪。走到黄土坡下,看见一辆大汽车拉着很多货物正哼哼地往坡上爬。毛头老汉没见过这东西,也不知是啥家伙,他不敢往前跟着走。

看了一会儿,毛头老汉想:"这东西这么大,能顶几十匹骡马哩。它有这么大的劲儿,肯定吃东西不少。能吃就能拉屎,说不定一泡屎就能装一车哩——我今个逮住啦!"

于是他提上筐子就去撵汽车,路上看到一些马粪、牛粪他也不拾。撵呀撵呀,从万全撵到永合。汽车突然一刹车,"出"地一声响,然后拐到大路上开跑了。

毛头老汉气坏了,说:"跟了你半天,你舍不得拉屎就罢了,还放个屁来熏我!"

装化鬼摸奖

柳西苗总喜欢干"打肿脸蛋充胖子"的事，村里人都叫他"装化鬼"。这天，老婆给他300块钱，让他去城里买辆自行车。到了城里，正碰上街头发行体育彩票，他口袋中没有多余的钱，因此只好看了一阵就去买车子。

骑着车子回到村里，他对村人说："我今天幸运啦！1块钱就摸了一辆价值300元的车子！"村里人羡慕得不得了。

他正在吹牛，他老婆来了，说："这车子是你摸奖摸来的？那我给你的买车钱哩？"他说："咳，买车钱就放在我的口袋里，不防被小偷偷走啦！"

XI BU SHENG SHOU

喜不胜收

●心里美滋滋便为喜。精美的笑话和故事是一串七彩贝壳,它投入你的心海,就能激起一串笑的涟漪,喜的漩涡。

●与幽默和笑拥抱,你只会得到喜悦,而将失去许多的忧愁和烦恼。

●让我们尽情地拥抱这个能使我们幸福的圣物吧!

WAN RONG XIN XIAO HUA

咱也不给他好好吃

伟伟和爸爸到街上一家小饭馆吃饭,饭馆虽小,人还不少。厨师见了吃饭的人挺多,炒菜就粗糙了。伟伟爸要了4样菜,厨师炒得都不好吃,有一盘菜里竟忘了放盐。

伟伟吃了几口,"叭"地放下筷子不吃了。爸爸对他说:"伟伟,今儿人多,大师傅炒菜也胡乱炒哩。咱对凑吃饱就行啦。"

伟伟说:"爸,他跟咱胡炒哩,咱们还能给他认真吃?他胡炒咱也胡吃一点算啦——嘿,有一道菜我一口也不给他吃!"

WAN RONG XIN XIAO HUA

节约能手

永红在太原工作,他妻子在运城上班。这天,永红回家看妻子,俩口子亲亲热热地述说各自的情况。

永红说:"前不久我买了辆新式自行车,这一下我上街外出都方便啦。可是我怕把自行车骑坏了,出门时还总是打面的。"

妻子说:"我在家也是想法节省哩。怕费炭,我就烧煤气做饭;又怕费煤气,最近我一直用电炉烧开水哩;有时怕费电,我就到饭店去吃饭啦!"

是我的脚胆小

大勇膀阔腰圆,扛个200斤的麻袋跟玩儿似的,可就是有力无胆。

那天夜里有个坏家伙偷伐集体的林木,村治保主任把大勇叫起来说:"抄上家伙,咱们去抓住坏蛋!"大勇随人们一块去了。

天黑得不见五指,盗伐林木的家伙见有人来,就抡起斧子砍人,二根的手被他们砍伤了。大勇吓得扔下棍子就往村里跑。

坏蛋被全部抓获。第二天,有人见了大勇说:"真是胆小鬼!人家都不怕就你怕!"大勇道:"我根本不胆小!"人们说:"不胆小你往村里跑哩?"大勇辩解说:"那是我的脚生得胆小。它一跑,我能不跟它跑吗?"

谁坐这个座谁是狗

朋友婚宴,君青和一帮伙伴都去参加。大家在饭桌边落座后,突然有人给君青打传呼。君青起来去回电话,又怕自己的位子被人占了,就说:"别坐这个座,谁坐谁是赖狗!"

他这一骂,果然没人坐了。有位老汉见有空位,就拄杖前来。桌上的人说:"谁坐谁是狗哩。"老汉只得转身就走。

回罢电话,君青满意地往自己的座位上一坐,抓起筷子就去吃菜。那老汉见状,忙喊君青说:"小伙子,谁坐这个座谁当狗哩!"

他还没表演完哩

胡大叔在镇上开了个肉铺子,专卖猪肉。

一天,买肉的不多,胡大叔站在肉架子一旁和闲人聊天。这时一个小伙子骑摩托来到肉架子前,他说:"师傅,你卖肉不该离你的肉架子那么远。"胡大叔问:"为啥?"小伙子说:"有人会偷你的肉!"胡大叔一听便乐了:"光天化日,能在我鼻子底下把肉偷走?""咳,很多小偷就是有办法把肉偷走再卖到城里的肉店去!不信,我现在给你表演一下。"

小伙子说:"人家走过来,卸下一扇肉,然后捆到摩托车上,骑上就往城里跑!"他边说边做,真的把胡大叔的一扇肉弄跑啦。旁边人说:"这骗子,赶快骑摩托追!"胡大叔说:"莫追,莫追。人家正往城里的肉店走哩,还没有给咱表演完哩!"

WAN RONG XIN XIAO HUA

信灯不信人

上个星期天,康师傅又开着他的富康车来运城办事。行至南郊十字路口,见面对着他的红灯亮着,就急忙踩住刹车。交警几次给手势示意让他走,可他不理睬。他的后面堆了一长溜车。

交警没办法,跳下岗台走到康师傅车前说:"信号灯坏了,红灯一直不灭。你看交警的手势行走吧。现在赶快过路!"康师傅说:"明明红灯亮着,你偏让我走,一走就罚我款。我才不上当哩!"

交警无奈,只好说:"谁骗你谁不是人!"康师傅说:"那你立个字据。"此时中队长走过来,给他写了个"此车闯红灯不罚款"的便条。康师傅拿上条子后说:"我一会儿就到前面十字街口试一试,看你们是不是骗我哩。"

给馋牛戴墨镜

志娃爹买了一头馋牛,不好好吃干草,总挑青草吃。为此,志娃爹愁眉不展。他想:咱哪有那么多青草喂它?

志娃知道后拿出一幅墨镜对爹说:"爹,把它给牛戴上,它不是就看不出青草、黄草了吗?"志娃爹高兴地说:"你这娃,咋不早说哩!早说的话,我就再不用吃你妈晒的干菜叶啦!"

这是芥茉

庄村有个姓卫的老汉和儿子到兰州街上摆了个凉粉摊。他的凉粉有三大特点：一是用的粉面好；二是醋好；三是芥茉好。人们认为他的凉粉特别够味。

这天，又来了几个吃凉粉的人。卫老汉心中高兴，正给人们盛凉粉、放调和，却感觉肚子一阵要命地疼。他急忙嘱咐儿子先干着，然后说了声："我有点事，马上来。"就去了厕所。

他在厕所里拉了大便净了手回到凉粉摊，接过儿子手中的调和勺就干了起来。当他把调好的一碗凉粉递给一个青年时，那青年盯着他的手背说："呀，你手背上沾了一疙瘩屎。"

卫老汉一看，也吃了一惊，心想："这青年真是眼尖，刚才洗手怎么没发现呢？"但他突然急中生智，笑哈哈地说："哦，这是我的手碰住了调和碗，沾上了一点芥茉。不信你尝尝？"

王崖人挂纸幡

王里村有个老汉去世了。按当地民俗,老人逝世要在大门口挂纸幡,也就是用白绵纸剪成纸条条,多大年龄就剪多少条,然后用线串起来挂在墙上以示哀悼。

这本是很庄重的事,可是帮忙的人却没把它当回事。他们在老汉家搜寻半天,也没找到一颗大钉子。小山说:"纸幡给我,我有办法。"他见对面邻居大门边钉着一颗钉子,就把纸幡挂在人家大门口。

邻居出门看到了纸幡,就气呼呼地叫过小山问:"为啥把纸幡挂在我门上?"小山说:"你千万不要生气,我没啥恶意,只是凑你门边有颗钉子,挂起来方便些……"

我脱了

这天晚上,芳芳和妈妈、姐姐正准备脱衣服睡觉,屋门却咚咚响起来。

妈妈问:"谁呀?"外面一男人说:"我,对门的万生。"姐姐问:"叔叔,您有事吗?"万生答:"嗨,我的屋门被风刮得反锁上了,我进不了门啦。借你家的钳子用一用!"

芳芳说:"那我开门您进来拿吧。"只听万生惊慌地说:"我不进去,你们把钳子递出来就行了!"芳芳说:"我们都还没脱衣服哩,你进来怕啥?"万生说:"万万不能进去!"芳芳问:"为啥?""因为我脱了!"

卖兔头必须拿眼镜

黄河广场上的夜市很有名。夜市上有一样风味小吃——酱兔头也很有名。每天晚上，慕名前来吃兔头的人很多，因此卖兔头的妇女不断增加，有时有二三十个摊点呢。

这兔头数小五家最好吃。小五老婆是近视眼，总戴一副眼镜，因此人们买兔头时都说："找戴眼镜的"。妇女们知道了，卖兔头时都戴一副眼镜。

小五老婆一看大家都冒充她，于是就把眼镜摘了。她一摘，卖兔头的妇女都把眼镜摘了。她只好又戴上，大家一看也急忙掏眼镜。一晚上她们摘摘戴戴有几十次之多。有个妇女卖兔头时忘记拿眼镜了，就打发孩子去家里取。她说："兔头忘了都不要紧，眼镜可必须拿上。"

WAN RONG XIN XIAO HUA

担粪上错地块了

界庄村村南有100亩大的一块土地,被划分为15户村民的责任田。明眼的责任田也在其中。

去年秋天,他的地和别人的一样,都种上了小麦。明眼是个勤快人,他想在这15户中夺个最高产量,于是一冬天每天天不亮就往麦地里担稀茅粪。担到麦地顺麦行一泼,村里人谁也不知道,可是他已经把他的麦地泼了两遍茅粪了。明眼心想:功夫不负有心人,看我的麦子比你们的多打多少吧。

过了春节,又过了十五,天气转暖,小麦返青了。一场小雨之后,满地翠绿。明眼想:一冬天起早摸黑地担粪浇麦,也没看看麦苗是啥样子,今个儿该去好好看看了。于是他哼着蒲剧向村南走去。

到了地头,只见自己的麦苗细黄细黄,东边相邻的一片麦苗黑乌乌得很旺。那片地的主人齐红光也在地里看麦。他见明眼来,就说:"这日了怪了——谁给我的麦地泼了这么多茅粪?看这麦长得多有劲儿!"

明眼一瞧,捶胸跺足地说:"咳!我担粪上错地块了!"

等我有了钱你再来偷

贾光有是个出名的懒汉，30多岁还没找下媳妇，家里一贫如洗。这天夜里，有个小偷跑到他家去偷东西，掀开他家仅有的一口箱子在里面翻腾。

贾光有等他翻腾了一会儿才说："伙计，你莫瞎翻了。我白天还在里面找不见钱哩，你夜里能找见个啥？"

小偷吓得撒腿就跑，他追到门口喊道："伙计，你记好：等我有了钱你再来偷啊，我绝不会叫你失望！"

比辣椒还辣

玉枝婆都快70岁了,说话还是没下巴,经常说一些没影的事儿。这天晚上,她和村里几个老婆婆在麦场上纳凉,不知不觉又吹开了。

玉枝婆说:"现在的辣子就不叫辣子。咳,我小的时候,辣子可辣哩,把竹筷子都辣得冒烟!我妈是个辣子虎,一顿能吃半筐辣子,两顿能吃一筐半。有一回,她在棉花地解手,一只野狼悄悄去舔她屁股。嗷得一声,把狼辣跑啦!它跑到河边去涮嘴,把河里的鱼全辣死了,水面上漂了一层。"

一个老婆婆问:"就那么辣吗?"玉枝婆说:"咳呀,绝对是真的。我妈屁股比辣椒还辣哩!"

石头眼镜和长鞭子

财娃爸和桩子爸俩人好吹大话。这天,俩人又吹开了。财娃爸说:"旧社会我给地主扛活,东家给了我一副石头眼镜,戴上真凉呀。6月天我戴着镜子赶车,把辕骡屁股冻得像铁板一样,粪都拉不出来,尿一尿出来就成了冰棍子。"

桩子爸问:"那眼镜哩,让我看看。"财娃爸说:"咳,土改时早打碎啦!"

桩子爸说:"我给东家扛活时,用的鞭子可长哩。有天夜里赶车回来,碰上劫路贼,我一鞭打过去,劫路贼倒了一大片。马车跑了一里多地,路边躺的还是我鞭梢打倒的人。"

"那你的鞭子哩?拿来我看看!""哎呀,紧小心慢小心,'文革'时还是把我这鞭子弄没啦!"

WAN RONG XIN XIAO HUA

你这狗头朝哪边

退休老县长严项民的儿子在雁北地区工作。冬天的时候,儿子回家看他,给他捎回来一件狗皮褥子。这褥子有个特点,就是连狗尾带狗头用整张皮子做成的,因此铺床的时候也要分上下。

儿子想让父亲高兴高兴,就亲自去为老父亲铺狗皮褥子。可他不知道父亲习惯头朝哪头睡,于是就问:"爸,你这狗头朝哪边呢?"严项民笑嘻嘻地说:"朝哪边都行,我不讲究。狗头朝哪我朝哪睡呗!"

东街镇有个爱开玩笑的人,名叫董守礼。前不久,守礼的老爹去世了,他的亲朋好友都到他家去吊丧。

守礼浑身穿着孝装,跪在棺木前为他老爹守灵。好友们为他老爹鞠躬哀悼,守礼也大声哭着"爹呀爹呀",倒哭得人心里悲痛。

朋友们平时爱与守礼开玩笑。此时一个叫小义的朋友对守礼说:"你爹死已经死了,哭他干啥哩?不如咱们喝酒去!"

朋友们一听,都掩住嘴偷笑。他们心想:你董守礼重孝在身,看你今天还能跟我们还口吗?

谁知守礼听了他这话突然放声大哭,边哭边说:"我知道你们都有几个爹哩,你们对爹不在乎,可我只有一个爹呀!他死了我就没有爹啦呀,啊啊啊……。"

WAN RONG XIN XIAO HUA

与嫂嫂同行

刘直直性格直爽,人如其名。一日,他与嫂嫂一起外出,跟在嫂嫂后面走。走着走着,他发现嫂嫂的裙子夹到臀缝里去了。于是急忙伸手把裙子拉了出来。嫂嫂说:"你怎么动手动脚的?不像话!"

刘直直本想取悦嫂嫂,没想到却惹得她不高兴了,因此心里很难过。他紧追几步赶上嫂嫂,说:"嫂,我刚才做错了,再给你塞进去行吗?"

WAN RONG XIN XIAO HUA

跟母亲离婚

有一天,秋分看见村里一男一女在吵架。男的对女的说:"咱俩也别吵了,既然感情不和,咱就到乡政府离婚算啦!"女的说"离婚就离婚,走!"秋分眼看着他们出了村子直往乡政府去了。

这天上午,秋分他妈嚷他,嫌他没有抓紧时间晒绿豆,那几百斤绿豆都生了虫子。秋分听他妈骂他,他起初还能沉住气,可一会儿牛脾气就犯了,他跟母亲胡吵乱说起来。

吵了一会儿,秋分突然一把抓住他妈的胳膊说:"妈,您别说我啦。我看出来啦,咱俩过不到一搭儿。走,咱们到乡政府办离婚去!"

做大些跑得才快哩

尹贵山乘公共汽车去河津办事,一路上从车窗里欣赏路上的风景。他看见宽广的公路上车来车往,觉得十分有趣。

突然,他发现后面开过来一辆小轿车,样子很好看,跑得很轻快,几下就超过他的公共汽车开到前面去了,一眨眼又跑得不见影了。

于是贵山对随行的干事说:"嘿,看见了吧,那小家伙跑得可真够快呀!"马干事说:"什么都是大的快。要是再把它做得大一些,它跑得才快哩!"

午餐肉不能晚上吃

国庆期间,学生都放了假。长民把儿子送到乡下他爷爷家去玩。去的时候带了一大堆好吃的。

谁知他刚刚从乡下回到城里,就接到老父亲打来的电话。长民问:"爸,有急事哩?"他爸说:"你赶快来吧!你儿子闯大祸啦!"长民吓得冒了一头冷汗,忙问:"怎么回事?""这小祖宗把你带来的午餐肉给吃啦!"长民说:"那午餐肉很新鲜,不会有啥问题吧?"

他爸在电话里说:"他是晚饭时吃的午餐肉!"长民一听笑了:"午餐肉也能晚上吃啊。"他爸说:"你不想来就算啦。我可是要把他送到医院去啦!"

秋生训驴

秋生爸妈都过世了，留下他一人也不正经干。最近几年他去海南岛闯荡，学了不少流里流气。回来后不仅农活不会做了，连驴都赶不好了。

这天他赶驴出门，驴把路边的庄稼啃了。庄稼的主人要他赔了10元钱。一气之下，他抡起棍子拼命地打驴，边打边说："你以为你是当官的，走到哪儿吃到哪儿！"叫驴被打得乱叫，他说："嘿，你还跟我唱卡拉OK哩！"毛驴疼得胡蹦乱跳。他说："你会得不少哩，三步四步都跳了还跳拉丁舞哩！"

最后，驴被他打得躺在地上，他上去使皮鞋乱踢一气，并指着驴说："怎么？你还想让我给你找三陪哩？"

WAN RONG XIN XIAO HUA

看自个的东西犯法吗

刚宝到西安去逛大街,尿憋得受不了,可咋也找不见公共厕所。他不好意思问人,就躲到一个电线杆后面去撒尿。想不到刚解开扣子,城市管理员就走到跟前问:"你在这儿干啥呢?这么大小伙子还不知道讲公德?"

街上的行人很快围过来瞧。刚宝使出他的赖皮劲儿说:"干啥哩?我可啥也没有干!我自个的东西,拿出来看看还犯法吗?"说完,刚宝系好裤子就走。

谁叫你把车停在我面前

某公司的一名经理陪客人吃饭喝多了酒,出了酒店门就吐到一辆停在酒店门口的奥迪车上,把人家干干净净的汽车弄得一塌糊涂。

司机不让他:"喝多了你吐到哪儿不行?怎么偏偏往我的车上吐!"

经理看了看他的车说:"我是吐酒了,可是你的车停到哪儿不行,为啥偏偏停在我的面前,我不往你车上吐往哪儿吐?"

司机一听气坏了:"我的车停这儿两小时了。你这人怎么不讲理!"

经理一听更来气:"你的车停在这儿两小时了?我从中午喝了酒吐到现在,至少也有3小时了!"

WAN RONG XIN XIAO HUA

挑房间

　　大有和小吴到一个小镇上办事。傍晚,大有找见镇上的一家小店,和小吴一起去登记住宿。店主人告诉他们有两间客房,他们二人可一人使用一间。

　　大有想挑一间干净的客房,就急忙去看房子。他走进 1 号房,一看窗玻璃上很脏,就退出来去看 2 号房。他弯腰借着落日的余晖朝窗上一看,发现这窗子的玻璃很干净,一块斑点都没有。他对小吴说:"你就住 1 号房吧!"

　　大有这天跑得太累了,因此倒下便睡着了。小镇上的风很大,很冷,房间不知怎么搞的也很冷。天亮时醒来,大有发现自己感冒了。他自语道:"奇怪,这屋里哪儿来的冷风?"

　　太阳出来了,大有才发现窗子上根本没玻璃。原来,这玻璃几天前就被风刮掉了。

哪怕我出新车的价钱

吉祥一连丢了两辆崭新的自行车后,他心里慌了。别人劝他花少点钱买辆自行车,这样又经济,又不怕小偷偷。

于是吉祥到处寻找旧自行车。一个星期过去了,他还没有如愿以偿。这天,他碰见几个好友,就求他们帮忙。朋友们都说现在旧车子不好买。吉祥说:"求各位费个神吧,不管旧车子多贵,我都要把它买下,哪怕是花一辆新车子的钱!"

一定要尿到咱地里

这天早上,老玉搭乘一辆顺路的汽车,心急如焚地盼着能早一点回到家乡。汽车走了几分钟,老玉就问司机道:"师傅哇,这车几点钟能到我们村?"司机说:"照这个走法,上午10点就到了。"老玉恳求道:"你能不能开快点。"司机说:"你有急事要赶到家里吗?"老玉点点头。司机于是又踩了踩油门,汽车风驰电掣般地向前奔跑。

但是老玉还嫌车慢。司机说:"不敢再快了,再快就要出事。"老玉双手捂着小腹说:"可是我憋不住了!"司机猜到他要解手,就说:"我停车您方便一下?"老玉说:"不不不,不能停!快往我们村开吧!"

只见老玉脸色由苍白变得铁青。司机问:"您哪儿不舒服吗?"老玉艰难地说:"快点开。"他把牙齿都咬得格格响,满头冒汗。眼看他就要昏晕过去的时候,司机停下车说:"你看这是你的村子吗?"老玉斜眼一瞅,急忙滚下车往庄稼地里跑去,跑着跑着他的裤裆就尿湿了。

等他解了手过来感谢司机的时候,司机奇怪地问:"您已经憋不住了,为啥半路不解手?"老玉说:"我这尿一定要尿到自己的地里,不是有句话说:'肥水不流外人田'吗!"

坐走了十几个老婆

长有今年 27 岁,还没找下对象。村里村外向他提亲的也不少,但都被他爹弄吹了。

他爹只有长有这一个孩子,所以倍加疼爱。凡是有人提亲,他不让长有去见那姑娘,而是说:"让我先跟她坐坐!"他总是问姑娘这个问姑娘那个,刨根问底,每次都把姑娘问火了,人家走了就再无音信了。这样,人们给长有介绍了十几个对象,都被他爹"坐"吹了。

一日,又有人领着一个姑娘要与长有见面。他爹说:"让我先跟她坐坐。"长有一把拉住他爹说:"你先坐坐,你先坐坐,你还要坐走我多少个老婆?"

LE CONG TIAN JIANG

乐从天降

● 我们每个人都能从生活中获得许多足以引为骄傲、自豪和欢快的东西。然而,我们为什么不再从书籍和谈话中多捕捞些笑料来美化自己的生活呢?

● 幽默,是从生活中创造出来的。生活是幽默无穷无尽、永不枯涸的源泉。

● 生活可以创造智慧,创造幽默。幽默可以滋润生活,使生活真正有生气、有趣味……

那时我不缺钱花

建力到派出所去报案,他说林小二4年前曾偷了他300元钱,并且向民警出示了证据。

派出所民警问:"他偷你钱你是啥时候知道的?"建力答:"半小时以后。""那你怎么时隔4年才报案?"建力说:"那时候我承包企业,手头根本不缺钱花。现在我退休了,手头紧了,我才想起这桩事儿。"

WAN RONG XIN XIAO HUA

别把咱家房子抡倒了

民全爱跟小孩耍闹,他最喜欢双手抓住小孩子抡圈圈,一口气抡几十圈,然后放下小孩,看他东倒西歪的样子开怀大笑。

一日,他找不到别的小孩就抓住他的儿子抡起来。儿子6岁了,平时天不怕地不怕,可民全还没怎么抡他,他就大哭起来。民全急忙放下儿子问:"你怕晕吗?"儿子说:"我才不怕晕哩!你一抡我,我看见房子乱转,我是怕你把咱家的房子抡倒了——要不,你到我舅家抡我吧!"

WAN RONG XIN XIAO HUA

原来是辆平板车

南明的朋友西珍在北京市搞货运。他去北京前给西珍打了个电话,西珍嘱咐他说:"你下了火车在车站门口等我,我去车接你,不见不散!"南明说:"哈呀,老同学的生意耍大了嘛!"

这天南明到了北京,照西珍说的拎着提包在车站死等。一辆汽车过来了,他一看不认识;又一辆汽车停下向他招手,他一看却是出租车。等了好半天,突然觉得有人扯他的衣服。原来是西珍来了!他骑着一辆平日里专门串小巷进胡同的平板三轮车,十分礼貌地说:"让你久等了,咱上车走吧!"

WAN RONG XIN XIAO HUA

厕所请客

兵兵、红红、斌斌几个同学放了假到城里去玩。中午时分,他们几个又累又饿。红红说:"我姨姨就在前面街上开饭店,咱们到那儿去吃饭,我请客!"

吃完饭,几个人又继续逛大街。兵兵说:"前面就是我叔叔开的冷饮店,咱们进去喝杯可乐,我请客!"

喝了冷饮,他们几个都想找地方小便。斌斌这时说话了:"大伙坚持一会儿,我舅舅退休后在前面管理公厕。那是座收费厕所,不过咱们放心进去,我请大家的客!"

我不想要你罚下的钱

赵虎有次到太原拉货,快到太原时因违章被交警罚款 30 元。他递给交警一张 50 元的人民币说:"你罚我 50 元吧,给我开一张 50 元的罚款单就算啦。"

交警说要按规定罚款,不能少罚也不能多罚。赵虎说:"这是我自愿要求罚的!"交警问他什么原因,他说:"我给你 50 元,你还要找我 20 元。你找我的钱都是司机的钱,我不想要你罚下的钱!"

WAN RONG XIN XIAO HUA

调虎离山——铁娃葬父

铁娃父亲去世了。他本想按照村规民约简单办丧，可无奈他的姑姑、姨姨、叔叔、舅舅们各有主张，非要他大操大办不行。由于意见不统一，所以他爸放了7天还不能入土。

铁娃劝罢这个劝那个，可是亲戚们都说："你爸为你辛苦了一辈儿，你就忍心把他草草埋了，就跟埋个死娃一样？"

铁娃无奈，只得想他的办法。这天早上，他叫了村里十几个壮小伙子，如此这般交待了一番。然后他把亲戚们都叫到一起说："我铁娃无德无能，但却有个绝招，我能用笊篱舀水，用揽筐担水。"亲戚们说铁娃疯了。铁娃说："咱都到池泊边去验证嘛。但有一条：如果我做到了，就按我的意见葬父；如果我做不到，就按你们的意思来！"

亲戚一听，觉得合理。于是铁娃肩挑揽筐、手提笊篱，领着众亲戚一步一步朝村东的池泊走去。到了池泊边上，铁娃给大家磕了3个头说："节俭办丧，时代风尚。各位亲戚，大家都知道，笊篱舀不得水，揽筐盛不得水，我是使个计策调虎离山，好让我爸入土哩！"说罢，放声大哭。

这时，亲戚们才发现上当了。原来，铁娃把亲戚一骗走，村里的小伙子早把他父亲的棺材抬到地里埋啦！

蝇子迎宾

老重是个聪明人,可他娶了他姨的闺女当老婆,却生个笨脑的儿子。人们说这是近亲结婚的恶果。不管怎么说,现在这个名叫蝇子的儿子长大了,并且结了婚,还生下一个胖小子。

这天,老重通知亲戚们都来给自己孙子过满月。帕蝇子说话出丑,老重就事先教导他说:"明天你见了你岳父,首先要说:'车马真是美';你岳父问孩子是男是女,你就说:'小小毛猴,何劳大人动问';若他问咱家的新房,你就说:'那是我父所造,一概与小人无关';若问墙上的画,你就说:'唐朝古画'。记住了吗?"

次日蝇子见岳父来了,急忙喊:"车马真是美!"岳父很高兴,问:"你爸身体可好?"蝇子答:"小小毛猴,何劳大人动问!"岳父问他生了个啥,他说:"那是我父所造,一概与小人无关。"岳父道:"你这是什么话呀!""嘿,唐朝古画,一点不假!"

我的肉哪里去了

衣来伸手、饭来张口的浩良非常爱吃肉冻,却不知道它是怎么做的。他上大学后,有一次从餐厅买了一份肉冻端回宿舍。天很冷,他把肉冻放在电炉上温着,提上暖瓶去打水。

打水回来,他发现他的菜盒里的肉冻没了,只剩下一些汤。于是他问宿舍的同学说:"谁把我的肉冻吃了?"大家都说没有。他气哼哼地将菜汤喝了说:"难道狗吃了?"

都像这顾客我就省劲了

万娃到镇上买坛子。店老板告诉他:"大坛子6元,小坛子3元。"他掏了3元钱买了个小坛子背回家。老婆嫌小,说:"去换个大的回来!"

万娃进了店门说:"老板,刚才我给你3元,现在又退给你个3元的坛子,这就6元了。我背个大坛子走啦!"

老板用电子计算机一加,3加3就是等于6。他高兴地说:"都像这顾客多好,人家早替我把帐算好了。省我多少脑筋呀!"

WAN RONG XIN XIAO HUA

我的牛不同意

今年种麦的时候,胖丁把他的牛悄悄赁出去挣钱,却又厚着脸皮跑到传河家去借牛使。

传河说:"借牛?我同意,可我的牛不同意。"胖丁笑得眼泪都流出来了,他说:"好哥哩,你又不是牛,你咋知道牛不同意?"

传河说:"我早就跟它商量过啦,它说借给谁都行,就是不能借给胖丁。不信,你让它给你签个字。"胖丁说:"老哥真会耍笑。我还不会签字哩,它会?"传河说:"好兄弟哩,你不是牛,你咋知道它不会签字?"

WAN RONG XIN XIAO HUA

剑前眼开

德海姓田,却财迷爱钱。他这几年发了大财,但是却十分胆小怕死。不久前,他得了一种怪病,就是眼皮睁不开。家人为他四处医治,然而难以解决问题。于是,德海在电视和报纸上刊登广告。说,谁能让他眼皮睁开,赏钱1万元。

广告多日,无人应声。这天,他的一个知己朋友登门,说能治他的病。朋友弄一顶帽子戴在他头上,帽沿上对着眼睛挂两枚钢镚。只见德海眼皮睁了一下,又闭上了。

朋友奇怪地说:"平日里你总是见钱眼开,今日怎么也不开啦?看来你的眼睛真是没治啦,不如把它剜出来吧!"说完,呛啷一声抽出随身携带的一柄祖传宝剑,瞅准德海的右眼就刺过去,惊得家人一声惨叫。谁知剑锋离眼皮还有3、4厘米的时候,德海眼皮一下睁开了,且圆如鼓环。朋友说:"原来不是'见钱眼开',是'剑前眼开'啊!"

WAN RONG XIN XIAO HUA

你娃长得太慢了

雅芝和绛兰是同学。多年不见,俩人见了面有说不完的话。

雅芝问:"你的孩子多大了?"绛兰说:"今年13岁了。"

雅芝惊奇地说:"我记得你也是属兔的吧?咱俩同岁,我的孩子才10岁,你的孩子可都13岁了!"

绛兰回答说:"那你娃长得太慢了。"

野平还债

野平喝多了,刚走到家门口突然又往街上走。他走到邮政局大厅的投信箱前从内衣口袋里掏出一叠人民币反反复复地数。

数了半天,他自言自语说:"对啦!对啦!"然后把钱从投信口塞进了信箱。

一回到家,野平就对自己的老婆说:"咱们欠表哥的800块钱我给他寄走了。以后,咱再不跟他打交道了!小气鬼,借他一点钱他就一直催着还!"

WAN RONG XIN XIAO HUA

同此一理

墙上趴着两只大蚊子，相距30厘米左右。陆陆的妻子手举蝇拍半天下不了手，因为她两只都想打住，打这只怕那只飞了。正犹豫之间，两只蚊子一齐飞了。

陆陆妻把刚才的事儿讲给陆陆听，陆陆说："笨货。逮住一个算一个，太贪心一个也逮不住！"妻子听了这番话，豁然开朗地说："我早知道这个理就好啦！当初我谈对象时，同时跟几个男人来往，结果一个也没逮住，老大不小了才瞎抓了个你！"

热烈欢迎"大官僚"讲话

"文革"时,冯村有个叫傅尚随的村干部,惯会应声附和,顺竿子爬,人们叫他"浮上水"。

一天,在欢迎工作队进村的村干会上,浮上水讨好说:"今天,我村有了大喜事,县上给咱派来了4个大官僚……"工作队队长忙说:"我们可不是官僚啊。县里派我们几个干部来,一是帮助你们工作,二是多了解些情况。我们希望多和贫下中农聊一聊。"

浮上水说:"你们是县里来的客人,又要和我们聊聊,你们不是官僚是啥?你们这些官僚啥都好,就是对咱贫下中农太客气啦!叫我说,官僚就是官僚嘛,有啥谦虚的?哦,现在都拍巴掌,热烈欢迎大官僚给咱讲话!"

WAN RONG XIN XIAO HUA

要大的沾光

军军去百货商场买鞋,他指着一种休闲鞋问道:"25 码的鞋多少钱?"小姐答道:"你甭多问了。我们这种鞋从 25 码到 27 码都是一样的价钱。"

军军在心里核计了一下说:"那给我买双 27 码的吧!"回去后他就换上了新鞋。鞋太大了,走路呱嗒呱嗒的,不跟脚。老婆问他:"你平时穿 25 码的鞋,可你今天为啥买 27 码的?"军军说:"这不是价钱一样吗?一样的价钱咱当然要挑大的买嘛。"

我为啥一句也没听见

有朋友送给吴局长一套《万荣新笑话》,吴局长十分喜欢。下属前来向他汇报工作,他边看《万荣新笑话》边说:"你们该咋汇报就咋汇报吧。我这眼睛忙着吧,可耳朵闲着哩。你们说吧!"

于是下属开始汇报。汇报期间,吴局长不断插话:"好好好!啊哈哈哈哈!嘿嘿嘿,好!"下属们一愣,吴局长就说:"继续继续,继续汇报!"下属们汇报完了,吴局长仍旧不发话让走,于是大家就静静坐着。

下班的电铃响了,吴局长如梦初醒问:"你们咋不汇报哩?"下属告他已经汇报完了。吴局长说:"汇报完了?我为啥一句也没听清呢?"

你没说还要掏鱼肚呀

五六十年代，黄土高原的人们很少见过带鱼，更别说吃带鱼了。有一次，阎县长在县招待所招待客人时吃了一次带鱼，觉得非常好吃，于是问招待所所长这带鱼怎么做。所长说："尾巴一切，头一剁，放到锅里一炖就行啦！"

阎县长默记在心，回家看妻子时就买了几条带鱼让她照着做。谁知做好后吃起来并没有那天的带鱼好吃，还酸溜溜的。后来阎县长又在招待所提起做带鱼的事儿，所长说："那可能是你没有掏鱼肚子吧？鱼肚子也要掏干净哩！"

阎县长一听才明白过来："可是，你没说还要掏鱼肚呀。"

WAN RONG XIN XIAO HUA

跌进枯井拾眼镜

周立学是高中毕业生,算村里一个文化人。他经常留着分头,戴一副金边眼镜,所以人们送他个外号叫"大学生"。

一天,大学生到王先镇办事回来,不小心一步踩空,掉进路旁草丛掩盖着的一口枯井里,把脸也碰破了。枯井很深,黑古隆冬的,他也上不来,只好在井里乱摸。

摸了一会儿,他左手突然摸着一只蛤蟆,右手摸住了一副眼镜。他把蛤蟆扔掉,把眼镜装进自己的衣袋,然后在井下喊叫。

过路人听见动静,就设法把他救了出来。回到家里,老婆见他摔得这么惨,就心疼地说:"以后可要当心呀,再不能往枯井里掉了。"

大学生听老婆这么说很不满意:"你光知道我摔得厉害,你还不知道我因祸得福哩——嘿,我在井底拾到一副眼镜!"

他老婆一看就说:"这哪里是你拾的眼镜?这是你平时戴的眼镜呀!"

WAN RONG XIN XIAO HUA

我拾到的裤衩是我丢的

老福到省城一所大学参加一个专业培训班，大家集体住宿。这天早上，老福把自己的裤衩洗了，见操场边上有一根铁丝绳，就把裤衩搭在上面，心想中午学习结束就赶快收回去。可是由于学习太紧张，他把这事儿忘了。

午后起了大风，老福到食堂吃晚饭时发现台阶下风吹来一只裤衩，心想："我得赶快把这交给领导，失主现在不知有多急呢。"

于是他找到班主任的家，把拾到的东西上交了。

第二天，班主任老师表扬了老福，要丢裤衩的同学前来认领。结果大家都说自己没丢。

到晚上睡觉时，老福才突然想起自己的裤衩晾在外面没去收。他跑到班主任老师家说："报告，我拾到的那裤衩是我丢的！"

你忍心跟妹妹抢衬衫

桃花和柳青是胡村两个被当地人称为"光棍手"的男女,没有不敢说的话,没有不敢做的事。

这天,柳青从城里给老婆买了一件衬衫,刚进村就被桃花抢走了。桃花说:"给我穿算啦!"柳青说:"你又不是我老婆?"桃花不给。柳青说:"你不给我就动手啦。"桃花说:"我不会跑?""你跑我就追!""我跑回我家去!""那我就追到你家!""我跑到女厕所里!""那我就追到女厕所里!"

桃花一看吓不住柳青,就说:"我跑进你妈的肚子里,你也敢追进去?"柳青一听就说:"那我在外面等你出来!"桃花嘻嘻笑着说:"出来后我就成了你妹妹啦。你还忍心跟你妹妹抢一件衬衫?"

把你妈的纺车也踢了

天鹏和他爸俩人都在外工作,媳妇和母亲都在村里务农。60年代初,农村妇女一到晚上都要纺棉花织布或做针线。

这天,天鹏和他爸不约而同地回家来看各自的妻子。两位妻子不知道自己的男人要回来,所以正在家里支着纺车纺棉花。男人们回来了,她们谁也不好意思先停下纺车去招呼他们。婆婆想叫媳妇先停,媳妇想:婆婆停了我才能停。就这样,婆媳俩一直纺到夜里12点。

天鹏起初耐着性子等,但是等了两三个小时还见她们在纺棉花,于是他走过去把媳妇的纺车一脚踹翻说:"纺,纺,快天明了还纺哩!"

这时,天鹏的父亲在他的房里喊道:"踢得好!天鹏,快把你妈的纺车也踢了吧!"

汽水坏了

老虫经常喝白酒,一次也没有喝过啤酒。这天,他乘公共汽车去外地买种子,途中大家都下车解手、买饮料。他买了一瓶青岛啤酒,还以为是他喝过的汽水,卖货的姑娘要为他打瓶盖,他说:"我会用牙咬。"只听他吱地一声咬开瓶盖,啤酒冒着沫从瓶口直往外涌。边上人说:"快喝,快喝,流完了!"他急忙呷了一口啤酒,可是没咽下去却吐到了地上。他把整瓶酒往路边一扔说:"这瓶汽水坏了,味道不对!"

儿子警惕性高我就放心了

忠北在很远的一个乡镇当干部,平时很少回家。这天晚上,他很晚才回到家里。第二天早晨,他10岁的儿子都起床了,他还在蒙头大睡。

儿子见床上多了一个男人,立即抄起一根木棍对他喊道:"你是谁?怎么睡在我家里?"忠北老婆说:"瞎嚷啥哩,那是你爸爸。晚上你都睡着了他才回来。"

忠北被吵醒了。他高兴地说:"咱儿子警惕性这样高,这就叫我放心了!"

他能抄别人字,我就能抄他文章

文海常常抄袭别人的文章投稿。朋友们知道后责怪他不应抄人家的东西。文海不但不听,反而歪着脖子说:"他们写的字字典里有没有?"朋友说有。文海于是反问道:"既然他们的字都是从书里抄来的,那么兴他们抄人,就不兴我抄他们吗?"

尼克松是女的

尼克松总统访华那年，有两个老汉在凉粉摊上"抬杠"。

一个说："你知道尼克松是男是女？"另一个说："我早起听广播，尼克松是美国大总统，当然是男的喽。"

"人家外国总统女的也能当，英国现在还是女人掌权哩。我学过百家姓，里面没有姓尼的。只有尼姑庵里女人才姓尼。"

"你不懂。外国人的名子长，怕不好记才简化了。尼克松不姓尼……。"

"姓尼不姓尼咱不说了。我只问你：广播说'尼克松纺花'，不是女的还纺棉花哩？你纺不纺棉花？"

你们不用穿衣服啦

元旦前夕,单位举办文艺比赛。这天下午,工会主席李德庆召集参加节目表演的职工们安排晚上的比赛事宜。他对大伙儿说:"最后我再特别提醒大家一句:你们晚上来的时候都不要穿自己的衣服啦,因为工会已经给你们每人都借了一套服装。"

小琴急忙问:"李主席,不穿衣服我们怎么走到单位来呢?"

申报新产品

村里准备办个企业,但不知该办啥企业。村委主任让启明、东岗几人出去考察考察,拿出个主意。

启明他们到外地转了十几天回来了,他们对村委主任说:"现在要办企业,必须生产新产品,这样产品才有市场,企业才能赢利。"主任问:"你们有啥意见?"启明说:"主任,咱能不能向县里申报:咱生产原子弹!"主任骂道:"胡闹!那个东西怎么能生产?"东岗说:"为啥不能?它在世界上只有少数几个国家能制造。我们想,市场缺口一定很大。咱如果能生产,肯定能赚大钱!"

自行车要用新鲜空气

立中买了一辆新自行车。每天晚上,他都要拧开汽门阀,把两个车胎的气放光,早晨起来再用气管打饱。

妻子问他为何这样做,他说:"自行车要用新鲜空气哩。所以,每天得把陈气放掉。"

世界上最宽的汾河大桥

大光县在汾河上新修成一座公路大桥,宽度达到80米。大桥落成剪彩,负责工程建设的副县长介绍大桥建设情况,他说:"咱们这座汾河大桥,是目前世界上最宽的汾河大桥,它是真真正正的世界之最!"

有几个老干部也参加了剪彩仪式。他们私下议论说:"咱对世界上的河流不太了解——不知其他国家还有多少条汾河?"

等你娃三年行吗

根成一家都看中了河云家的姑娘。根成对河云说:"老弟,咱两家做个亲家行不?你家的姑娘嫁给我家儿子吧?"

河云问:"你家儿子多大了?"根成说:"今年22岁啦!"河云急忙摆摆手说:"不成,不成!我家姑娘才17岁,差5岁哩!"

根成说:"不就差5岁吗?我家儿子等你姑娘3年,3年过了再结婚,你看咋样?"河云说:"5减3等于2,这还差不多……。"

奶奶为啥打爷爷

小胖的妈妈今天很晚才回来,因为她们厂里开大会。妈妈一回家就被小胖拉到里屋去了。他神秘地对妈妈说:"妈,我奶奶今天下午用鸡毛掸子打爷爷哩!"妈问:"为啥打爷爷?"小胖说:"因为爷爷打我爸哩!""为啥打你爸?""因为我爸打我哩!""他为啥打你?""因为我打了邻居的毛毛!"妈妈问:"你为啥打毛毛?"小胖说:"因为他打了我的布娃娃!"

无法出门

建康好不容易争到了一次去南方旅游的机会。这天一早,他就打点好行装出门走了。可是到了晚上,他突然又回来了。

妻子问他怎么还没有出发。建康说:"我到了火车站,在报栏里看到了一份报纸,上面说印度有两列火车相撞了,死了很多人。我想,火车不安全,干脆坐飞机吧。买机票的时候,又听人说法国航空公司有一架客机失事了,我怕飞机也不安全,就打算坐长途汽车走。谁知刚到售票处,就听说汽运公司有一辆汽车掉进山谷里去了。我想到港口坐船,可是碰上一位老太太,她说她儿子前些日子才因轮船触礁而亡……。咳,我实在是无法出门啊,这才又回来了……"

图书在版编目(CIP)数据

万荣新笑话·第4卷/管喻整编.—太原:书海出版社,
2000.2(2010.3重印)
ISBN 978－7－80550－216－8

Ⅰ.万… Ⅱ.管… Ⅲ.笑话-作品集-中国-当代
Ⅳ.1227.8

中国版本图书馆 CIP 数据核字(2000)第 14399 号

万荣新笑话·第4卷

整　　编:	管　喻
插　　图:	许小铭
责任编辑:	刘小玲
出 版 者:	山西出版集团·书海出版社
地　　址:	太原市建设南路 21 号
邮　　编:	030012
发行营销:	0351－4922220　4955996　4956039
	0351－4922127(传真)　4956038(邮购)
E－mail:	sxskcb@163.com　发行部
	sxskcb@126.com　总编室
网　　址:	www.sxskcb.com
经 销 者:	山西出版集团·书海出版社
承 印 者:	山西出版集团·山西人民印刷有限责任公司
开　　本:	850mm × 1168mm　1/32
印　　张:	9.625
字　　数:	82 千字
印　　数:	41501—45500 册
版　　次:	2000 年 2 月第 1 版
印　　次:	2010 年 3 月第 8 次印刷
书　　号:	ISBN 978－7－80550－216－8
定　　价:	20.00 元

如有印装质量问题请与本社联系调换